미스터 포터

MR POTTER

미스터 포터

저메이카 킨케이드

김희진 옮김

은행나무세계문학 에세 • 17

은행나무

놀런드 부부,
케네스 놀런드와 페이지 놀런드에게
─사랑을 담아

차례

그리고 그날, 해는 평소와 같은 자리, 하늘 높이 한가운데 떠 있었고, 평소처럼 가차 없이 환히, 그림자조차 창백해지도록, 그림자조차 쉴 곳을 찾도록 빛났다. 그날 해는 평소와 같은 자리, 하늘 높이 한가운데 떠 있었으나 포터 씨는 이에 주목하지 않았으니, 그는 해가 평소와 같은 자리, 하늘 높이 한가운데 떠 있는 데 너무나 익숙했기 때문이었다. 만일 해가 평소와 같은 자리에 있지 않았다면 포터 씨의 하루는 크게 달라졌으리라, 그랬다면 비가 내릴지 모른다는 얘기였고, 아무리 잠깐이라 해도 포터 씨의 하루는 달라졌을 텐데, 그건 해가 평소와 같은 자리, 하늘 높이 한가운데 떠 있는 데에 그가 너무나 익숙했기 때문이었다. 포터 씨는 보통 때처럼 숨을 쉬었고, 그의 심장은 보통 때처럼 고동치며 그의 검은 피부 밑에서 오르락내리락, 그의 몹시 검은 피부에 바투 붙은 면으로 짠 흰 속옷 아래서 오르락내리락, 그의 피부와 맞닿은 면으로 짠 흰 속옷 위의 흰 평직 면 셔츠 아래서 오르락내리락했다. 그러니까 그의 심장은 보통 때처럼 숨을 쉬었다. 그리고 그는 바지를 입었고 바지 주머니에는 흰 손수건을 넣어두었다. 그리고 이 모두가 그의 심장 고동처럼 보통 때와 같았다. 이 모두가, 그의 심장이 고동치듯 보통 때처럼 바로 그렇게 차려입은 옷차림이, 보통 때처럼 뛰는 심장과 그 옷들이, 포터 씨와 포터 씨를 벗어난 다른 것들에게까지 안심을, 그런 안심이 필요하다는 사실조차 모르는 것들에게까지 안심을 심어주었다.

슐 씨의 차에 앉아서 승객들을 태워 이곳저곳, 이곳저곳으로 실어 나르는 하루를(그는 운전사였고, 운전사임이 싫지 않았다) 시작하려고 슐 씨의 차고로 걸어가며, 포터 씨는 해를 피하려고 좁은 거리와 골목을 골라 디뎠다. 그는 개 한 마리를 보았고, 그 개는 젖이 늘어나고 부풀고 배가 늘어나고 부푼 채 아프리카의 건조하고 광활한 일부 평원이 원산지인 나무의 그늘 아래 누워 있었으나, 이 개가, 임신했고 배 속 새끼들 때문에 고단한, 해를 피할 곳을 찾는 이 개가 자신과 일부라도, 조금이라도 닮았다고는 생각지 않다. 그리고 포터 씨는 문간에 앉은 한 사내를 보았고 이 사내는 장님이었으나 귀는 자기에게 다가오는 혹은 자기에게서 멀어지는 발걸음 소리에 지극히 민감하여, 다가오는 발걸음 소리가 들리면 그 발소리 주인에게 돈을 구걸할 준비가 되어 있었다. 이 사내는 포터 씨의 발소리를 알았고 그 발소리의 주인에게 결코 아무것도 요구한 적이 없었다. 그리고 장님 사내가 구걸용 컵을 들고 문간에 앉아 있는 것을 보며, 장님 사내가 목구멍에 천천히 고인 걸쭉하고 끈끈한 허연 가래를 땅바닥에 내뱉는 것을 보며 포터 씨는 자기 앞의 광경이 자신과 일부라도 닮았다고는 생각지 않았다. 슐 씨의 차고로 가며 포터 씨는 학교에 가는 사내아이를 보았고, 어느 집의 옷가지 거의 전부가 줄에 걸려 그대로 말려지는 광경을 보았다. 담배를 피우는 여자를 보았고, 배수로에 고인 회색 액체에서 나는 악취를 맡았고, 울타리에 앉은 새들을 보았고, 그 어느 것도 자신과 조금이라도 닮았다고는 생각지 않았는데, 그건 그에게 보이는 모든 것이 그와 단단히 결속되어 있기 때문이었다. 그와 그에게 보이는 모든 것 사이에는 거리랄 게 전혀 없었다. 그리고 그렇게 포터 씨는 콘 앨리로 들어선 다음 골목 끝까지 걸어가 콘 앨리를 벗어났고, 네비스 스트리트로 접어들자 슐 씨의 차고가 나왔다. 거기에 슐 씨는 없었고 있을 필요도 없었다. 그리고 포터 씨가 바이쳉거 박사를 만난 날 해는 평소와 같은 자리, 하늘 높이 한가운데 떠 있었고, 평소처럼 몹시도 가차 없고 환하게, 그림자조차 창백해지도록, 그림자조차 쉴 곳을 찾도록 빛났고, 포터 씨로 하여금 좁은 골목과 그늘진 뒷길을 통해 슐 씨의 차고까지 가도록 했다. 포터 씨가 바이쳉거 박사를 만난 것은 그런 날이었다.

슐 씨의 차고에는 차가 세 대 있었고 이들은 전부 슐 씨의 차였으나, 슐 씨는 차고에 자기 차들 곁에 있지 않았다. 슐 씨는 차 세 대가 있는 차고 위층의 자기 집에 있었고, 그 무렵, 그러니까 포터 씨가 차 세 대가 있는 차고에 도착했을 때 슐 씨는 달걀과 귀리죽과 버터 바른 빵과 치즈를 먹고 라이언스* 차 여러 잔을 마시고 자기 가족 옷가지를 세탁해주는 여자에게 불쾌한 투로 불쾌한 말을 하고 방금 아침 식사를 만들어준 여자에게 불쾌한 투로 불쾌한 말을 한 참이었다. 이 두 여자는 그와 아무런 혈연관계가 아니었고, 그는 두 여자를 전혀 몰랐고, 포터 씨와 마찬가지로 그들은 그가 멀리 떨어진 척박하고 오래된 곳, 레바논 혹은 시리아를, 그런 곳을 떠나온 이후 섞여 살게 된 사람들이었다. 그리고 그 오래되고 척박한 레바논 혹은 시리아에서 슐 씨의 아침 식사는 이렇게 풍성하고 신선하지(달걀은 바로 전날 낳은 것이었고 아침 식사 전체가 정성껏 요리한 따뜻한 음식이었다) 않았을 테지만, 슐 씨는 무엇에든 적응할 수 있었고 실제로 자신에게 닥치는 모든 일에 적응했으며, 좋고 나쁜 많은 일이 그에게 닥쳤고, 그는 상황이 좋으면 머무르고 상황이 나빠지면 곧장 떠났다. 하지만 지금은 상황이 좋았고 슐 씨는 아침 식사 자리에 머물렀으니, 그건 포터 씨가 차고에서 차를 닦고 있었고, 포터 씨 자신이 그날 운전할

---

*　아일랜드의 홍차 브랜드명.

차, 매일 모는 차부터 시작해, 다음으로 친구인 마틴 씨가 운전할 차, 다음으로 조지프 씨가 운전할 차 순서로 닦고 있었기 때문이었다. 조지프 씨는 포터 씨의 친구가 아니라 지인에 불과했다.

그리고 그날 포터 씨는 슐 씨의 차를 몰고 부두로 가서는 대형 기선이 세상 어딘가 미개한 곳으로부터, 동란과 쫓겨남과 살인과 공포가 있었던 어딘가 머나먼 곳으로부터 도착하기를 기다렸다. 포터 씨에게 동란과 쫓겨남과 살인과 공포는 낯설지 않았다. 그 자신이 사는 세상에 그가 존재하는 것 자체가 그런 것들이 있었기 때문이었지만, 그는 그런 것들을 곰곰이 생각하지 않았고 그건 그가 숨쉬기를 곰곰이 생각할 수 없는 것과 마찬가지였다. 그리하여 포터 씨는 바이쳉거 박사를 만났다.

그래서 바이쳉거 박사는 누구였는가? 그리고 그 누가 그 질문에 정확히 대답할 수 있으며, 그 질문에 조금이라도 완전하게 대답할 수 있었겠는가! 사실 아무도, 지상의 어떤 한 인간과 그를 이루고 있을 모든 사항에 대해 정확히 설명할 수 있는 사람은 아무도 없었다. 바이쳉거 박사는 자기 자신을 정확히 설명할 수 없었는데, 스스로를 정확히 설명하려 들었다간 그가 압도되고 말 것이기 때문이었다. 그러나 바이쳉거 박사라는 이름의 남자와 포터 씨는 그날, 포터 씨의 대부분의 나날과 같은 날에 만났다. 해는 한낮이 되기 한참 전에도, 한낮이 되고 한참 후에도 중천에 걸려 있었고, 그리하여 시간은, 바이쳉거 박사가 재고 바이쳉거 박사가 아는 대로의 시간은 포터 씨에게는 다른 의미를 가졌다. 이는 둘 사이의 첫 번째 오해가 아니었고, 많은 오해 중 하나에 불과했다. 바이쳉거 박사는 새로운 장소에 있었으나, 벌써 오랜 세월 바이쳉거 박사는 줄곧 새로운 장소에 있었다. 그와 그의 동족 모두는 300년간 한때 체코슬로바키아라 불렸던 장소에 살았고, 그와 그의 동족 모두는 체코슬로바키아의 마을에, 읍에, 도시에, 수도에, 지방에 살았으나, 그러다가 불시에 그와 그의 동족 모두는 체코슬로바키아나 그 주변에 살 수 없게 되었다. 그리하여 바이쳉거 박사는 여기, 저기, 온갖 장소를 거쳤고, 지금은 포터 씨의 앞에 있었으며 이곳은 그의 마지막 장소, 휴식의 장소가 될 터였는데, 어쩌면 그가 포터 씨에게 (그리고 포터 씨와 닮은 모든 이에게) 증오를 느끼고 공감하지 못하는 것은 그 때문일지 몰랐다.

이 문장은 바이쳉거 박사가 등장하는 것으로, 그가 항구 깊은 곳에 서 있는 기선에서 타고 온 모터보트에서 내리는 것으로 시작해야 마땅하지만, 이것은 포터 씨의 인생이니 절대 바이쳉거 박사가 문장을 시작해서는 안 된다. 나는 작가적 결정이나 서사적 결정을 내리는 것이 아니며, 다만 이것이 너무나 진실이기에 이렇게 말할 따름이다. 포터 씨의 인생은 그만의 것이며 그 밖의 누구도 그보다 우선해서는 안 된다. 그리하여 이 문장, 이 문단은 이런 식으로 시작할 것이다.

포터 씨가 처음 바이쳉거 박사를 보았을 때 포터 씨는 한 여자를 생각하고 있었는데, 이름은 이벳이었고 포터 씨의 첫아이, 마리골드라는 이름의 여자아이를 낳다가 얼마 전에 죽었다. 어린 여자아이에게 붙은 마리골드라는 이름은 이벳의 친지들이 지어주었고 그 이름은 그들에게 아무런 의미가 없었고 포터 씨와 아무 상관도 없었는데, 애초에 그와 이벳은 이렇다 할 사이도 아니었다. 그리고 이벳이라는 이 여자, 마리골드라는 이름의 첫아이를 막 낳아준 여자를 생각할 때면 포터 씨는 세상에 행복이 가득하다는 생각은 하지 않았고, 세상이 처음 탄생했을 때 세상을 바꿔놓은 황금빛 광채를, 투명함이 꽉 찬 세상의 새로운 빛을, 그 경이로움을, 그 신비를, 그 알 수 없음을, 분노로 이어질 좌절들과 그 분노가 텅 빈 상태로 이어지리라는 것을, 포터 씨 자신이 그런 텅 빔 속에 존재하고 있음을 생각하지 않았다.

포터 씨가 바이쳉거 박사를 처음 보았을 때 곧장 떠올린 생각, 입에서 나온 말은 "슐 씨가 보내서 왔습니다" 혹은 "나 슐네서 왔죠"였다. 그리고 포터 씨는 바이쳉거 박사를 보았고 바이쳉거 박사는 포터 씨를 보았다. 그리고 바이쳉거 박사는 자신이 남겨두고 온 모든 것을 생각하고 있지는 않았고, 수천 년 세월도, 수백 년 세월도, 이제는 역사라 불리는 것의 마지막 순간들조차도 생각하고 있지 않았으며, 실은 그는 아무것도, 자신의 현재 불행조차, 세상의 소란이 배를 덮은 살갗 밑 부드러운 부분을 짓누르며 생겨난 복부의 상처, 그의 마음을 한순간 멍하게 했다가 다음 순

15

간 너무나 안락했던 어린 시절의 이미지들로 가득하게 하는 상처조차 생각하고 있지 않았고, 그 안락함은 거슬림이었다. "바이쳉거 박사요." 바이쳉거 박사는 더운 공기 속에 자신의 이름을 풀어놓았다. 포터입니다, 포터 씨는 누구를 향해서도 아닌 스스로를 향해 말했다. 다 죽은 사람이군, 포터 씨는 바이쳉거 박사를 보고 생각했다(이자는 죽었어, 죽었어). 엄청난 멍청함이군, 바이쳉거 박사는 포터 씨를 만나고 생각했다. 엄청난 무지야. 그리고 포터 씨는 바이쳉거 박사의 방식들을 알지 못했는데, 그건 포터 씨가 글을 몰랐기 때문이었고, 따라서 대형 기선에서 내려져 모터보트에 실렸고 지금은 부두 바닥에 놓인 다른 짐들 틈에서 자기 가방을 꺼내라고 바이쳉거 박사가 요청했을 때 포터 씨는 가만히 있었다. 어떻게 하지? 포터 씨는 말했지만 속으로 말했을 뿐이었고, 그는 바이쳉거 박사에게 미소를 지었다. 바다, 바다, 너무나 광활한, 너무나 광활하고도 광활한 바다가 그들, 포터 씨와 바이쳉거 박사 앞에 놓여 있었으며, 둘 다에게 바다는 극도의 위험을, 너무도 어두운 기억들을 품고 있었다. 바이쳉거 박사의 여행 가방에는 '싱가포르', '상하이', '시드니'라는 말이 적혀 있었으나 포터 씨는 글을 몰랐고 그렇기에 그게 무슨 뜻인지 알지 못했다. 그리고 포터 씨의 얼굴에는 '아프리카'와 '유럽'이라 쓰여 있었으나 바이쳉거 박사는 그 단어들이 쓰인 언어를 읽는 법을 배울 필요가 없었고 (나중에 밝혀지게 되지만) 배우지 못할 것이었다. 그리하여 그는 부두에 서서 자신이 살아 있다는 사실이 아니라 포터 씨처럼 불가해한 것이 자기 앞에 서 있다는 사실에 의아해했고, 무자비하게 빛나는 이상한 해에, 그리고 저 바다가 같은 바다인지, 같은 이름을 지녔는지, 자신을 그리스, 싱가포르, 상하이, 시드니(이것들은 그저 그를 받아들인 항구에 지나지 않았다) 해안으로 이리저리 데리고 다닌 후 따라온 건지에 의아해했다. 바로 그때 바이쳉거 박사는 거의 죽었고, 조악하게 제작된, 접착제가 제대로 발리지 않은 가구처럼 거의 산산조각 났으나, 그의 아내 메이(그것이 그녀의 이름이었다, 메이)가 와서 "자!"라 말했고, 그녀는 잉글랜드 출신, 그보다 한층 탁월하게도 대영제국이라 불리는 곳 출신이었고, 포터 씨는 그녀가 하는 영어와 그녀의 어조를 알아들었다.

그리고 바이쳉거 박사가 방금 뒤에 남겨두고 온, 그가 등을 진 바다가 있었고 포터 씨는 아주 오래전 뒤에 남겨두고 온 바다가 있었는데, 그럼에도 바다는 매일 그의 생을 규정하고 또 규정했다. 포터 씨의 아버지는 어부였으며 바다가 자신을 실망시켰다고 저주한 후에 죽었고, 포터 씨의 형제들, 열 명이었는데, 그들 중 어부가 된 이는 아무도 없었다. 포터 씨는 바다를 두려워했고 또 미워했으니, 바다는 너무 많은 물, 너무 많은 무(無)였고, 그 무는 물뿐이었다. 포터 씨는 바다보다 우위에 있다고 느끼길 열망했고, 자신에게 그토록 힘을 행사하는 것보다 우위에 있다고 느끼길 열망했다. 그때는 그의 어머니가 죽은 후였다. 그리고 바이 쳉거 박사는 (그의 동족들이 그랬듯) 오랜 세월 유럽 깊숙한 한복 판에 살았었기에 그에게 바다는 불가사의한 것으로, 강과 달리, 호수와 달리 너무 많은 물이고 감당하지 못할 것으로 여겨졌다. 그리고 바다가 얼마나 잔혹하게 그를 쫓겨남과 집 없는 신세로 휩쓸어왔는지 그 역시 그에겐 의문이었고, 그리하여 포터 씨 앞 에 그리고 바다 앞에 서서(포터 씨를 마주할 때 바다는 그의 왼편 에 있었고 바다는 그의 오른편에 있었고 바다는 그의 뒤편에 있 었다) 바이쳉거 박사는 혼란스러워했고, 그러다 화가 났고, 그러 다 조용해졌다. 그리고 메이가 "자!"라 말했다. 그리고 바다의 정 적(바다는 고요하고 바다의 행동들만이 소리를 이끌어내기 때문 이다. 울부짖음, 비명, 고함. 그 후 비탄, 회한, 절망이 찾아온다)과 그녀의 "자!"라는 말과 딱히 누구를 향한 것도 아닌 포터 씨의 "에, 에"라는 말이 그들이 알던 모든 것을 단단히 한데 그러쥐었다. 그 리고 단단히 붙잡힌 이 순간은 특별하고 평범했다. 모든 순간은 특별하고 모든 순간은 평범하기 때문이며 누가 순간들을 그렇게 만들 수 있으랴!

그리고 바이쳉거 박사는 시선을 쳐들고 해를 보았다. 해는 평 소와 같은 자리, 하늘 높이 한가운데 떠 있었고, 평소처럼 매우 가 차 없이, 몹시 환하게 빛났고, 바이쳉거 박사는 자기 그림자조차 잘 보이지 않았는데, 그림자는 마치 해의 열기를 피해 숨은 것처럼, 그림자는 해 때문에 지워진 것처럼 짧아져 있었고, 그는 몹시 외로운 기분이 들었으니, 위안을 줄 만한 자기 자신의 상(像)조차 없기 때문이었고, 바이쳉거 박사는 다시 시선을 들고 해가 언제나 이럴지 궁금해했고, 언제나 이렇지는 않기를, 해가 너무나 밝고 너무나 변함없이 제자리에 있고 햇빛의 밝음이 구름이나 그 밖의 자연적인 또는 인공적인 방해물에 의해 가로막히지 않은 채이지는 않기를 바랐다. 그는 다른 날들이, 기분에 어울릴 만한 날들이, 어둡고 우울한 날들이, 차가운 안개가 껴 희부연 날들이, 해가 거대하고 시커먼 구름층 안팎을 넘나드는 날들이 있기를 바랐다. 내면의 풍경에 어울릴 만한 날들, 그런 날들이야말로 그가 남은 평생 동안 느낄 기분에 완벽하게 들어맞을 것이었다. 왜냐하면 바이쳉거 박사는 해가 어떤 식으로도 빛나지 않고, 평소와 같은 자리, 하늘 높이 한가운데 떠 있지 않고, 아침에 풍경 위로 떠오르지 않고 저녁에 지평선 너머로 사라지지 않는 날들을 보았기 때문이었다. 그는 마치 물 탄 우유를 물감 삼아 풍경을 슥슥 그린 듯한 날들을 보았고, 마치 이 풍경을 스케치한 사람은 절망에 빠져 있고 대기를 뒤덮은 젖빛은 우연에 의한 것도 고의에 의한 것도 아니며 그저 그렇게, 꼭 그렇게, 본래 그런 것인 듯하다고 바이쳉거 박사는 당시 생각했었다. 그리고 상하이와 싱가포르와 시드니와 바이쳉거 박사가 머물렀거나 그저 거쳤던 온갖 다른 장소들, 그곳들의 스모그와 안개와 습기 찬 눅눅한 공기와 하루하루 전혀 신뢰할 수 없이 빛나는 해 때문에 바이쳉거 박사에게는 지금 그가 있는 날, 지금 그가 겪고 있는 날, 포터 씨를 만나고 있는 날이 의심스러웠다. 바이쳉거 박사는 프라하라 불리는 곳에서 왔으나 포터 씨는 그곳을 한 번도 들어본 적 없었고, 포터 씨는 글을 몰랐으니 지도에서 그곳을 찾을 수 없었다. 포터 씨는 대영제국이 부끄러움 없이 제 광고를 해대는 덕에 지도는 쉽사리 찾을 수 있었지만, 포터 씨는 지도도, 다른 무엇도 읽을 줄 몰랐다.

모든 길모퉁이는 죽음을 품고 있지, 바이쳉거 박사는 생각했다. 어떤 길모퉁이라도 죽음으로 이어질 수 있어, 바이쳉거 박사는 생각했다. 하지만 지금까지는 죽음으로 가는 길에는 안개가 동반되었다. '찬란하다' 그리고 '찬란함'이라고 바이쳉거 박사는 생각했고, 그 생각에 너무나 몰두했기에 그 단어들이 머릿속에 떠오른 줄도 몰랐다. 하지만 그는 그 하늘 한복판에서 빛나는, 한낮이었기에 한층 더 가차 없이 빛나는 해에서 나오는 그 빛 한가운데 서 있었다. '찬란함' 그리고 '찬란하다'라고 바이쳉거 박사는 생각했으나, 이 두 단어를 다른 언어로, 포터 씨가 알아듣기는 하지만 읽을 줄은 모르는 영어가 아닌 다른 언어로 혼잣말했을 뿐이었다. 그가 이 단어들을 말한 언어는 포터 씨가 한 번도 들은 적 없는 언어였고, 바이쳉거 박사의 말을 듣고 포터 씨는 바이쳉거 박사가 마치 다른 형태의 인류에 속하는 것 같다고, 그런 사람―바이쳉거 박사―들은 말조차 제대로 못 한다고 생각했고,

스스로에게 그렇게 말했다. 그리고 다시금 바이쳉거 박사는 '찬란하다' 그리고 '찬란함'이라고 생각했고, 이 두 단어는 이제 그의 머릿속을 맴돌았다. 그는 빛이란 어떤 종류라도 아름다우며 밝음은 어둠보다 낫다고, 빛 그 자체가 어둠의 치유법이라고 생각하고 있었고, 그가 아는 모든 것이 그렇게 말했고, 그가 버려두고 온 모든 것이 빛은 어둠의 적이라고 말했고, 그가 받아들이게 된 모든 것이 오직 빛만이 어둠에 대한 처방이라고 힘주어 말했다. "찬란하다, 너무나 찬란해" 하고 바이쳉거 박사는 소리 내어 말했으나 그의 말은 그 자신에게만 들렸다. "그리고 세상의 모든 선함, 그 선함은 작고, 세상의 모든 악함, 그 악함은 거대한데, 그 모든 것은 이 찬란함으로 인해 변모되고 그러면 세상은 마침내 선이나 악에 무심하지 않게 되는데, 한쪽은 포용되고 다른 쪽은 거부되기 때문이고, 그것이 이 찬란한 빛의 힘이다." 그리고 바이쳉거 박사는 이 모두를 아주 크게, 몹시 크게 혼잣말하고 있었으나 그의 말은 오직 그 자신에게만 들렸다. 그리고 바이쳉거 박사는 포터 씨를 쳐다보았고 포터 씨는 생각하기를, 제대로 말할 줄 모르는 이 남자는 지금 내게 화가 났고, 이제 나를 기꺼워하고, 이제 양쪽 다로군.

그리하여 바이쳉거 박사는 포터 씨를 쳐다보았고, 포터 씨는 영원히 밝은 해, 빛의 정의 그 자체인 해의 빛 속에, 모든 빛이 경의를 표하는 햇빛, 빛 자체인 동시에 밝음이길 염원하는 온갖 다른 형태들에 대한 은유인 빛 속에 서 있었다. 하지만 포터 씨가 받는 빛은 찬란하지 않았고, 그저 평소대로 내리쬐는 햇빛, 포터 씨에게는 익숙하지만 바이쳉거 박사에게는 너무나 낯설고 또 너무나 실망스러운 방식으로 빛나는 햇빛일 뿐이었다. 그리하여 메이는 "자!"라 말했고 이 말은 모든 일이 정리되었으니 이제 모든 일이 다음으로 넘어가야 한다고, 진행되어야 한다고, 그녀의 권위로 제압할 수 없는 방해물은 없다는 의미였고, 그래서 그녀는 "자!" 또 "자!"라고 거듭 말했다. 그리고 바이쳉거 박사는 빛이란 어떤 종류라도 아름답다고, 불가마가 아닌, 석탄이나 인간 사체를 연료로 삼는 진짜 불가마가 아닌 곳에서 나오는 빛이라면 아름답다고 생각하고 있었다. 빛, 진짜 빛, 어둠과 반대되는, 포터 씨와 그의 조상들이 잠겨 있었던 어둠을 비유한 것이 아닌 진짜 어둠과 반대되는 빛이라면.

그리고 이 밝은 빛은 너무, 지나치게 과하다고 포터 씨는 생각했고(하지만 그 순간 포터 씨의 생각들은 그 자신과 분리되지 않았고, 포터 씨와 그의 생각은 하나였다), 눈을 보호할 만한 것이 간절했고, 그의 존재 전체를 보호할 만한 것이 간절했으나, 그는 그런 것은 들어본 적도 없었다. 그리고 포터 씨는 높은 광대뼈와 낮게 붙은 눈썹을 서로를 향해 일그러뜨려 찡그림이라 불리는 상태를 취했고, 그는 찡그림 같은 것은 자신만의 독특한 무언가라고 생각했다. 다른 인간들도 해가 발산하는 가차 없는 빛에 그런 식으로 반응할 수 있다는 것을 그는 알지 못했다. 그리고 모든 인간이 밀려오는 밝은 빛에 꼭 그렇게 반응할 수 있다는 것도. 찡그림은 특정한 공격에 반응하여 인간이 얼굴을 변형하는 보편적인 방식일지도 모른다는 것도. 이 사내는 어쩌면 이렇게 역겨울까, 바이쳉거 박사는 생각했다. 어쩌면 얼굴이 이렇게 흉할까, 그의 아내 메이는 생각했다. "곧 비가 올지도 모르겠군", 바이쳉거 박사는 말했다. "분명 곧 비가 올 거야", 메이 바이쳉거 부인이 말했다. 비는 오지 않을 텐데(비 안 오죠), 포터 씨는 생각했으나 그때 그는 자기 생각을 소리 내어 말하지 않았고 그때 그의 생각은 그 자신과 분리되지 않았으며, 그와 그의 생각은 그때, 하나였다.

　그리고 바이쳉거 박사가 집, 그의 집, 앤티가섬에 있는 집 문턱에 서 있을 때 해는 빛났고 그의 아내, 메이 바이쳉거(지금은 바이쳉거였지만 전에는 스미스나 로크, 뭐 그런 성이었을 수 있다)라는 이름의 그녀는 그의 옆에 서 있었고 그는 문을 지나가고 싶었고 정말로 그렇게 하여 문턱을 넘어섰는데, 그는 그 전 모습 그대로, 프라하에서 왔고 그에 수반된 모든 일을 겪은, 죽음에서의 탈출과 낙원에서의 추방과 지도로만 알았던 끔찍한 이름들이 붙은 장소들로의 여행을 겪었으며 이제는 포터 씨로의 그리고 포터 씨를 이런 모습으로 만들었고 또 앞으로의 모습으로 만들 장소로의 여행을 겪은 사람 그대로였고, 그 모든 것은 참으로 하찮것없어 어떤 지도 제작자도 포터 씨의 존재와 그가 어디서 왔는지와 무엇이 그를 만들었는지 알지 못했고 그리하여 바이쳉거 박사는 그것을 지도에서 본 적이 없었다. 그리고 포터 씨 역시 바이쳉거 박사의 집으로 들어가 창문을 전부 열고는 바이쳉거 박사와 아내 메이에게 창문들을 어떻게 여닫히게 하는지, 봉들을 이쪽 그리고 저쪽으로 돌리는 방법을 보여주었고, 바이쳉거 박사는 창문의 빈 틈없이 단순한 작동에 놀랐고 그런 아름다움이, 열렸다가 닫히는 창문의 깔끔하고 명쾌한 움직임이 포터 씨와 조금이라도 상관있을 수 있다는 생각을 즉시 떨쳐버리고는 포터 씨가 그냥 가버리기를 바랐으나, 포터 씨는 그 창문들을 만든 사람을 아주 잘 알았는데, 그들은 촌수가 먼 친척이었다. 바이쳉거 박사는 그 점을 알리 없었고 바이쳉거 박사는 알고 싶지도 않았으니, 하기야 왜 알아야 하겠는가?

하지만 포터 씨가 창문을 모조리 연 것은, 왜인가? 포터 씨는 집에 들어와 여기저기 다니며 방방마다 들어가 창문을 죄다 열었다. 창문은 모두 스무 개였지만 그 수는 포터 씨의 관심거리가 아니었고 바이쳉거 박사는 감각에 완전히 휩싸여 있었기 때문에 그만한 창문 개수가 그때 그에겐 아무 의미가 없었다(하지만 그때 그랬을 뿐이고 다른 때에는 그렇지 않을지도 몰랐으나, 누가 알랴, 다른 때가 다시 올 수도 있지만 또 오지 않을지도 모른다). 그리고 포터 씨는 방들을 열었는데 마치 자신이 방들 그 자체와 창문들 그 자체에 대해 권한을 지닌 것이 아니라 방 밖의 공간, 창문

밖의 공간에 대해 권한을 지닌 양 열었다. 창밖의 공간은 허공 그 자체로, 인간의 손으로 만들어진 것이라곤 없이 비어 있었으나 인간 정신이 빚은 산물은 없지 않았다. 거기엔 나무, 관목, 풀 그리고 그 외 식물계의 골칫거리들이 있었다. 동물과 새와 그 외 동물계의 골칫거리들이 있었다. 채워지길 기다리는 텅 빔이 있었으나 무엇으로? 무엇으로? 무엇으로 채워진단 말인가? 그러나 포터 씨는, 포터 씨를 이루는 실체는 무(無) 그 자체고, 가치 없는 것이라는 의미에서의 무이고, 필요하지 않을 때 불붙은 성냥이 그렇듯 무라고 바이쳉거 박사는 생각했고, 온 세상도, 어떤 것에 대해 생각을 가질 수 있고 그 생각을 일상의 영역에 내보낼 수 있는 온 세상의 모든 이도 그렇게 생각했다.

하지만 그렇게 창문을 모두 엶으로써 포터 씨는 바깥의 모든 빛을 내다보게 되었고, 몹시도 설렜는데(배 속이 요동치는 기분야, 요상한 기분야), 그것은 그가 늘 알던 대로의 빛, 너무도 밝아서 결국 닿는 것 모두를 투명해지게 그러다가 반투명해지게 하는 빛이었고, 그 빛이 포터 씨 앞에 바다처럼 펼쳐져 제가 둘러싼 모든 것을 덮으면서도 드러내 보였기 때문이었다. 빛은 그 자체로 실체였고 빛은 모든 것에 실체를 부여했다. 나무들은 나무가 되었으나 한층 나무다워졌고, 그들이 뿌리 내린 지면은 지면 그대로였으나 한층 지면다워졌고, 위편의 하늘은 하늘을 더욱더 드러내며 천국으로, 영원으로 올라가다가 대지로 돌아왔다. 그리고 포터 씨는 생각했는데, 창밖의 빛에 넋을 잃고 있었기에(하지만 어떤 창문인가? 스무 개의 창문 중 어느 것일 수도 있었다) 그는 생각했으나 그의 생각들은 이제 사라졌고, 그의 마음은 텅 비었고 그는 단지 고통과 부당함의 희생자인 것만은 아닌 채로, 고통을 가할 수 있고 고통을 가할 사람이 아닌 채로 존재했다. 그리고 그는 바깥의 빛이 모든 것을 너무도 투명해지게 하고 또 모든 것이 반투명해지는 것을 보았고 포터 씨는 행복했고, 그것으로, 행복으로 벅차올랐고, 그리고 나는 아직 태어나지 않았을 때였는데, 내가 어머니 자궁 속에서 7개월이 되었던 그때 그는 아직 내 어머니를 버리지 않았고, 어머니는 아직 둘이 함께 자는 침대 매트리스 속에 그가 보관해둔 저축금 전부를 훔쳐 달아나지 않았다. 그는 읽을 줄도 쓸 줄도 몰랐고, 은행에 갈 수 없었고, 내 어머니는 그가 언젠가 자기 차를 사서 자기 손님들을 태울 작정으로 저축한 돈을 전부 가져갔고, 어머니가 포터 씨를 버리고 그가 저축한 돈 전부를 가져갔을 때 나는 어머니 자궁 속에서 7개월이었다. 내 어머니의 이름은 애니였다. 그리고 포터 씨는 읽을 줄도 쓸 줄도 몰랐으므로 자신을 이해할 수 없었고, 남들에게 자신을 알릴 수 없었고, 자신을 알지 못했지만, 그러한 일들이 그에게 조금이라도 행복을 안겨주었을 거라는 말은 아니다. 그리고 포터 씨는 읽을 줄도 쓸 줄도 몰랐으므로 그런 일을, 읽기와 쓰기를 할 수 있는, 심지어 그런 일을 사랑하기까지 하는 존재를 만들었다. 그리고 포터 씨가 창가에 서서 세상을(그가 보고 있는 것은 세상이었으므로) 그 특별한 빛으로, 특별한 방식으로 보고 있을 때, 그는 이거야말로 행복 그 자체야, 이건 내가 느낄 최대의 행복이야, 누구든, 어떤 인간이든 느낄 최대의 행복이야 하고 전혀 생각지는 않았는데, 그 순간 그는 자신과 분리되지 않았고, 그와 그 특정 감정과 그 특정 순간은 하나였기 때문이다. 그는 그 빛 속에서 행복했고 세상의 모든 영화로움은 그 없이 존재할 수 없었다.

그리고 포터 씨는 창문 앞에(그 어떤 창문이었을 수도 있다) 서있었고 한순간 멈췄으며, 그 순간 온 세상이 그에게 드러났고 그는 그것을, 세상을, 그러니까 세상과 그 안의 모든 것과 앞으로 세상에 올 모든 것을 똑똑히 볼 수 있었으나 바로 거기서 말문이 막혔으니, 그는 읽을 줄도 쓸 줄도 모르기 때문이었고, 그러자 그는 몸을 돌려 바이쳉거 박사와 그의 아내를 보고 어떤 몸짓을, 양팔을 몸에서부터 멀리 펼치는, 양팔을 느긋하고 넓게 벌리는 몸짓을 했고, 이는 마치, 봐요! 내 앞의 이 모든 것이 내 것이고 나는 이를 당신들과 나누고 싶어요, 함께 이 안에서 살아갑시다 하고 말하는 듯했으나, 포터 씨는 읽을 줄 몰랐고 또 포터 씨는 쓸 줄 몰랐고 어쨌거나 바이쳉거 박사는 그와는 무엇도 나누고 싶지 않다. 바이쳉거 박사, 극히 최근에 아슬아슬한 절멸 위기에 놓인 그는 포터 씨, 공포의 가마솥 속에서 무척이나 오래 살아남은 이 남자와 무엇도 나누고 싶지 않았다. "이름이 뭡니까?" 바이쳉거 박사는 물었다, "뭐라고 불리죠?" 바이쳉거 박사는 물었고, 바로 그 순간 바이쳉거 부인, 바이쳉거 박사의 아내 겸 간호사가 "졸탄"이라 말했고, 그녀는 "졸탄"이라고 남편의 이름을 소리 내어 부르고 있는 것이었고, 바이쳉거 박사는 포터 씨에게서 고개를 돌려 아내 쪽을 보았고 포터 씨는 그가 그녀를 보았다고, 그녀를 바라보고 있다고, 그녀가 서 있는 방향을 보고 있다고 추측했고, 그런데 이 여자 이름이 뭐지, 포터 씨는 갑자기 생각했는데, 마치 그 일이, 그녀의 이름을 아는 것이, 바이쳉거 부인이라는 이름 말고 다른 이름을 아는 것이 그에게 중요하기라도 한 듯이 말이다. 그리고 바이쳉거 박사가 아내를 보았을 때(그녀의 이름은 메이였다, 포터 씨가 궁금해했던 이름은 그거였다) 둘 사이에 뭔가가, 어쩌면 말이, 어쩌면 의미심장한 침묵이 지나갔다. 그것은 말이었지만 그들은 포터 씨가 알아듣지 못하는 언어로 말했고, 그 언어는 영어였지만 포터 씨는 알아들을 수 없었고, 바이쳉거 박사와 아내 사이의 교류가 끝나자 그, 바이쳉거 박사는 이제 다시 포터 씨 쪽을 보며 질문을, 이번에는 조용히, 중단했던 곳에서 바로 이어서, 마치 그들 사이에 아무것도, 침묵도 그 반대도 없었다는 듯 계속했고, 포터 씨는 "내 이름 포터, 포터가 내 이름이요"라 말했고, 포터 씨의 목소리, 거의 500년간의 세상에서 잘못되었던 모든 일로 가득 차 여느 바위의 심장조차 무너뜨릴 만한 그 목소리는 바이쳉거 박사에게는 아무런 의미도 없었는데, 그는 최근에야 오직 절멸로만 이루어진 듯한, 그 자신을 절멸하려고 몰두한 듯한 세상에 살게 되었기 때문이었다. 그리고 바이쳉거 박사는 포유류에, 파충류나 양서류나 곤충류나 조류가 아닌 포유류에 속했고, 관찰되는 쪽이 아니라 관찰하는 쪽에 너무나 익숙했고, 행동을 당하는 쪽이 아니라 행동을 하는 쪽에 너무나 익숙했다. 그리고 그 자신의 절멸은 거의 성공할 뻔했고 그로 인해 그는 무척이나 놀랐고, 여생 동안 줄곧 몹시 놀란 채였는데, 마치 그런 일이 전에는 없었던 것처럼, 마치 한때 온전한 채로 문명을 이룩하고 천상과 지상을 지배하던 사람 무리들이 하루아침에 지워지고 나머지 인류는 기도나 농담에서조차 그들을 기억하지 않게 된 일이 없었던 것처럼 말이다. 마치 생명과 인류 기억의 시작부터 사람 무리들이 지워진 일이 없었던 것처럼 말이다. 그리고 자기 이름을 말하는 포터 씨의 목소리, 자기 이름에 애무와도 같은 성격을 깃들게 하는 (혹은 바이쳉거 박사가 생각하기에는 그런) 목소리 때문에 바이쳉거 박사는 격분했고, 분노했고, 그 순간 포터 씨가 너무나 증오스러웠으니, 역사가 무(無)로, 즉 정신적 가치라곤 없는 것으로 만들어버린 이 무의 존재가 자기애라는 호사를 누리고 있었으며 "내 이름 포터, 포터가 내 이름이요"라고 말하는 그의 목소리에서 바이쳉거 박사가 그 점을 들을 수 있었기 때문이다. 말해진 단어들은 그랬으나 포터 씨의 목소리, 자신에 대한 사랑이 가득한, 자기 이름과 자신이 하나라는 확신이 가득한 그 목소

29

리 때문에 바이쳉거 박사는 바로 그 순간 포터 씨의 산소를 들이마시는 능력을 차단하고 싶었고, 포터 씨를 영원히, 혹은 당장 확실히 침묵하게 하고 싶었지만, 그의 살인적인 격분은 모조리 정제되어 명령으로 나왔다. 여행 가방들을 어디에 놓으라는 둥, 언제 슐 씨의 차로 다시 와서 그들을 태우고 어디어디로 가라는 둥. 그리고 포터 씨와 바이쳉거 박사는 마주 보고 서 있었고 바이쳉거 박사와 포터 씨는 서로의 반대편에 서 있었으며, 기억, 말하자면 역사, 덧없는 회상, 일어났던 모든 일을 모은 미덥지 않은 집합체는 그들을 방치해두지 않았다. 포터 씨는 모자를 벗고(잉글랜드에서는 어린애들, 남학생들이 쓰는 챙 모자였다) 손에 쥐고는 고개를 깊이 숙여서 머리가 가슴팍에 얹혔고, 그는 발치에 깔린 눈앞의 바닥을 쳐다보았는데 그것은 리기다소나무로 된 마룻바닥이었고 그는 누가 리기다소나무를 만들었는지 궁금해하지 않았고 포터 씨는 누가 리기다소나무라는 개념을 떠올리고 그것을 마룻바닥과 탁자와 의자로 만들었는지, 또 어떤 것을 가치 있게 만드는 것은 누구인지 궁금해하지 않았다. 포터 씨는 그런 생각들은 전혀 하지 않았고, 그의 눈은 (리기다소나무로 만들어진) 바닥으로 내리깔렸고 바닥은 위안이 되었는데, 바닥은 아무것도 아닌 그저 바닥 그 자체, 이리저리 요동치는 대지에 대항하여 인간이 만든 방벽이기 때문이었다. 바로 그때, 바이쳉거 박사 앞에 서서 창문(혹은 창문들일 수도 있다) 바로 밖의 정경과 빛을 등지고 있던 바로 그 순간 포터 씨는 바닥을 얼마나 사랑했는지. 그리고 바이쳉거 박사에게 자기 이름을 말했을 때 포터 씨는 자신이 속한 모든 포터들을, 그리고 어쩌다 자신이 그 혈통이 되었는지 알고 싶은 열망이 없었고, 과거를 캐물어 현재와 미래에 의미를 부여하려고 하지 않았고, 다만 대지의 모양이나 하늘의 색을 서술하라는 요청을 받은 것처럼 자신의 이름을 말했고 모든 진실한 것에 선천적으로 깃들어 있는 확신을 실어 자신의 이름을 말했다. 그리고 포터 씨가 바이쳉거 박사와 마주 서고 바이쳉거 박사 앞에 서서 이런 일(여행 가방들) 저런 일(바이쳉거 박사 부부를 여기저기로 데려가라는)들에 대한 명령을 듣고 있을 때 그의 마음은, 그의 의식적 사고는 자기 이름을 말하는 자기 목소리의 음악을 듣는 만족스러움에서 깨어났고, 돌연 그는 바이쳉거 박사가 영어로 말하는 투가 싫어졌는데, 영어라는 언어가 바이쳉거 박사의 혀끝에서 즐거운 듯 폴짝거리며 나오지 않았고 그의 입에서 자신감에 찬 채로 평온하게 춤추며 나오지 않았기 때문이었다. 바이쳉거 박사는 그 자신과 영어라는 언어가 이음매 없는 불가침의 온전한 하나인 것처럼 영어를 말하지 않았다. '이자는 물렁한 꼴을 보이는군.' 그때, 바이쳉거 박사가 막 도착했을 때, 포터 씨에게는 아주 오래된 새로운 장소에 갓 새로 왔을 때, 포터 씨는 속속들이 혹은 거의 속속들이 잘 아는 장소에 갓 새로 왔을 때 바이쳉거 박사의 말을 들은 포터 씨의 생각은 그랬다.

그리고 포터 씨는 바이쳉거 부부를, 즉 바이쳉거 박사와 아내 메이(그것이 그녀의 이름이었다, 메이)를 떠났다. 그들의 존재를 떠나, 그들의 집을 떠나 차로, 슐 씨의 차로 걸어갔는데, 포터 씨는 아직 자기 소유의 차를 몰지 않기 때문이었고, 문을 열고 운전석에 앉아 열쇠를 돌려서 엔진이 차에 시동을 걸도록, 차가 운전할 준비가 되도록 했고, 그런 다음 등 뒤를 돌아보았지만 그건 상징적인 행위에 불과했는데 진심으로 뒤를 돌아보고 싶지는 않기 때문이었고, 그는 방금 남겨두고 온 사람들, 바이쳉거 박사와 그의 아내 겸 간호사, 메이라는 이름의 여자에 대해 궁금해했고, 바로 그때, 혹은 어떤 때라도 그들에 대해 궁금해할 때면 그의 입에서 나오는 말은 "에, 에!" 또 "에, 에!"였고, "에, 에!", "에, 에!" 그 말, 그 소리만이 계속 이어졌다. 그리고 차에 타자 그는 오른발을 액셀러레이터라 불리는 것(그가 모는 차는 미합중국에서 제조되었다)에 얹고 앤티가라는 세상의 작은 한 부분으로 나아갔고, 묘지를 지나치고 죽은 자들 모두가 묘지로 가는 길에 거친 여러 교회들을 지나쳤고, 운전하는 동안 도로 한편으로는 카리브해의 거대한 바다를, 다른 한편으로는 거대한 대양인 대서양을 볼 수 있었으며 크고 작은 사건들은 그의 마음에 들어오지 않았다, 그의 마음엔 아무것도 들어오지 않았다, 그의 마음은 이미 포터 씨로 가득 차 있었다.

그리고 포터 씨는 등을 돌려 바이쳉거 박사, 졸탄이라는 이름의 그 남자와 메이라는 이름의 그의 아내와 함께 서 있던 방에서 걸어 나갔으며 졸탄과 메이, 다시 말해 바이쳉거 박사와 그의 간호사는 이제 단둘이 되었고, 둘만 있을 때 그들은 졸탄과 메이였고 단둘이 아닐 때만 그들은 바이쳉거 박사와 그의 간호사 바이쳉거 부인이었다. 그리고 메이는 미소를 지었는데, 누구를 향해서가 아니라, 스스로를 향해서도 아니라 그저 미소를 지었을 뿐이었고, 이는 어릴 때부터 키워온 습관이었는데, 그건 어린아이였을 때 그녀의 세상이 암울했기 때문이었고, 그녀는 어떤 때는 자신의 부모가 살해당했다고 말했고 어떤 때는 자신을 버렸다고 말했지만, 어느 쪽이든 그녀는 부모가 없었고, 그녀는 새로운 상황에 혼자 남겨진 첫 순간에만 어머니와 아버지라 불리는 것의 기둥의 상실을 느꼈으며, 포터 씨가 방에서 걸어 나간 직후 그 순간 남편이 함께 있기는 했지만 그렇다고 별 차이는 없었다. 메이 간호사, 바이쳉거 부인은 혼자였다. 그리고 그녀는 "졸탄!"이라 말했고 바이쳉거 박사는 대꾸하지 않았고 그녀는 그가 대꾸하길 바라지 않았다. 그리고 메이는 발치를 내려다보았고, 그녀가 신은 구두는 잉글랜드 시골에서 태어나고 길러진 후 정성스레 도살된 암소의 최상급 가죽으로 제작되었는데, 보기 좋은 무언가(구두 한 켤레), 보호를 제공해주는 무언가(구두 한 켤레), 샘낼 만한 무언가(구두 한 켤레)로 만들어진 지금, 암소의 가죽은 정말이지 멋져 보였다. 구두 한 켤레는 포터 씨의 손에 쉽사리 들어올 만한 것이 아니었다. 그리고 발치를 내려다보던 그녀의 눈길은 바닥을 지나 얄팍한 벽을 따라 올라갔고 벽은 천장에서 약간 떨어진 곳에서 끝났고 메이는 그게 무슨 의미가 있을까 의아히 여겼으나, 거기엔 그럴 만한 이유가 있었고, 세상만사엔 뒷받침이 되는 충분한 이유가 있었고, 세상의 사건들이 일으킨 급작스러운 파란의 난폭한 힘에 휘말려 방이 소용돌이치고 방 안에 담긴 전부가 빙글빙글 돌았을 수 있었고, 그 안에는 메이와, 졸탄을 만난 순간까지의 그녀의 인생, 그리고 바이쳉거 부인이 된 이후의 그녀의 인생까지도 있을 것이었다.

그리고 바이쳉거 박사는 아내가 소리 내어 부른 "졸탄"이라는 자기 이름을 들었으나, 그녀가 "사무엘"이라고, 체코슬로바키아의 프라하에서 그가 소년 시절 불리던 이름을 말했다고 생각했고, 그는 자기 자신으로 있는 평온함, 평범한 인간으로 있는 평온함을, 무언가에게 존재할 권리나 사라지게 할 권리를 부여하는(이는 곤충이었을 것이다, 아이들은 언제나 그런 것들에 힘을 행사할 수 있으니까) 입장에 있었던, 무언가의 아름다움이나 그 반대를 판가름하는(이는 한낮의 하늘 색깔이었을 것이다, 어디서나 아이들은 그런 것들을 판가름할 힘을 지닐 수 있으니까) 입장에 있었던 평온함을 기억했다. 그리고 그가 소년 시절에 유럽이라 불리는(그리고 이 유럽이라 불리는 곳을 포터 씨는 화성에 대해 아는 것만큼 알았다) 번영한 곳의 한 도시에 있었을 때, 도시에는 거리들이 있었고 거리에는 바싹 붙어 선 작은 집들이 있었는데, 너무나 가까워서 이 가까움은 정반대의 효과를 자아냈고 바이쳉거 박사는 옆집에 사는 사람들 이름을 몰랐다. 바이쳉거 박사는 학교에 다녔고, 친구가, 친구 여럿이 있었으나 지금 그는 그들의 이름이 기억나지 않았고, 다만 그들의 코 모양과 입 모양과 눈 색깔만 기억났다. 그리고 유일하게 남은 것은 그런 것들, 코 모양, 입 모양, 눈 색깔뿐이었다. 그 밖의 것들은 전부 그가 기차에 타고 있고(그는 여러 번 기차에 탔다, 떠났다 돌아오기 위해, 떠나서 다시는 돌아오지 않기 위해) 기차가 기차역 승강장에서 멀어지고 있는 것처럼, 한때 목적지였고 지금은 출발지인 곳에서 멀어지고 있는 것처럼 희미해졌다. 하지만 포터 씨가 있는 지금 이곳은 정지된 장소였으니, 포터 씨와 그의 동족 모두가 그렇게 만들었고, 그들은 몇 세기 동안 이곳에 있었으며, 포터 씨와 그의 동족들은 떠나지 않을 터였다. 그들의 코 모양, 입 모양, 눈 색깔은 사라지지 않을 터였다. 그리고 포터라는 이름, 방금 그들을 새 목적지로 데려다준 남자의 이름은 너무나 천하다고, 그가 종사하는 직종인 포터*에서 따와 붙인 이름이라고, 그 자신의 노동으로 흘리는 땀에서 이름을 따온 남자라고 바이쳉거 박사는 생각했다. 하지만 "졸탄"이라고 하는 메이의 목소리, 그의 간호사의 목소리, 아내의 입에서 나온, 그의 이름인 단어가 들려왔다.

그리고 바이쳉거 박사는 아내의 목소리를 듣고 스스로에게 말했다, 1분 있다가 저 말에 대답하자, 그런 다음 그는 스스로에게 말했다, 1초 있다가 저 말에 대답하자. 그는 스스로에게, 조용히, 같은 방에 있는 이 사람에게서 나오는 이 목소리에 대답하기까지 잠시 휴지를 두겠다고 말했다. 그는 과거 구성되었던 대로의 그의 온 세상을 떠올렸다. 그가 앤티가에 오기 전의 과거, 한 장소에서 다음 장소로 황급히 탈출하기 전에 일어난 과거를. 그가 거쳐 온 장소들은 16세기 이후 제작된 지도들에 당당히 그 이름들이 적혀 있는 도시들이었다. 프라하, 부다페스트, 빈, 베를린, 상하이. 그리고 집들과 거리들과 강들과 부두들과 배들과 승선들과 도착

---

*　potter는 도공(陶工)을 의미한다.

들과 끝없이 비 오는 날들과 끝없는 햇빛의 날들과 크림 가득한 우유, 그러다가 그 무엇도 없었고, 세상의 종말 가능성에 대한 대화들과 뒤이어 세상이 끝나고 또 끝나는 날들이 있었고, 그런 날들 자체에조차 종말이 있었으니, 마치 하루가 어떤 한계를 구성하고 규정하지 않는 듯했다. 그리고 그의 아내는 다시 그의 이름을 불러 "졸탄"이라 말했지만, 그에게 그녀의 말은 "사무엘"이라 들렸고 그의 눈앞에 보인 것은 과거 기적이었던 자신, 사무엘, 보기 좋은 색의(검은색이었다) 머리칼을 지닌 소년, 보기 좋은 색의(검은색이었다) 눈을 지닌 소년, 아버지와 어머니를 행복하게 하는 존재였던 소년이었으나 지금 그는 그들의 얼굴을, 어머니와 아버지의 얼굴을 기억할 수 없었고, 그들의 존재감만이, 어머니와 아버지라는 그런 것이 있었다는 것만이 기억났지만 이제 그들은 상실되었고, 길모퉁이처럼(다만 길이 그의 인생이었다) 혹은 지평선처럼(다만 지평선이 그의 인생이었다) 그저 사라져버렸다, 마치 있지도 않았던 것처럼, 그에게 사무엘이라는 이름을 지어주지 않았던 것처럼, 그가 그들의 외아들이 아니었던 것처럼 그들은 그저 어둠 속으로 사라졌다, 그래, 어둠 속으로! 그가 알았던 많은 것들 위로 광막한 어둠이 내려앉았고, 그 어둠은 밤 같은 어둠이 아닌, 그가 지금 받고 있는 빛의 반대인 어둠이 아닌, 포터 씨가 잠시 그 안으로 사라졌던 빛의 반대인 어둠이 아닌, 포터 씨와 그의 동족 모두가 기원한 어둠에 더 가까운 어둠이었다.

바이쳉거 박사와 그의 아내를 뒤로하고, 한낮의 밝은 햇빛 한복판으로 포터 씨는 슐 씨의 차를 몰았고, 그들이 더 이상 보이지 않게 되자, 그들에게서 어느 정도(1마일 정도였고 1마일은 포터 씨에게 상당한 거리였다) 멀어지자 그들은 그의 생각에서 완전히 사라졌고 그는 울퉁불퉁한 도로에 몰두했다. 노면은 거칠었고 두꺼운 아스팔트 코팅은 더 이상 케이크에 입힌 아이싱처럼 (혹은 그 비슷한 것처럼) 매끄럽지 않았으며, 도로 자체가 구불구불하게 이어졌고 이 도로의 1인치, 1피트, 1야드, 1마일마다 돌연 낭떠러지로 떨어질 위험이 숨어 있었는데 도로의 굽이는 너무나 심한 급커브라서 아예 굽이가 아니라 도로 자체의 끝일 수도 있었다. 그리고 포터 씨는 양손으로 운전대를 쥐었고 이따금 그것이 기분 좋게 어를 수 있는 무언가인 양 어루만지기까지 했고, 운전대 자체는 생김새로 보나 감촉으로 보나 거북 등의 단단한 보호 껍데기를 연상시킬 만했지만 포터 씨는 양손으로 운전대를 쥘 뿐이었고 그 감촉은 친숙했다가 어느 순간 그 감촉은 친숙하지 않았다가 그저 운전대 그대로였다. 그리고 바이쳉거 부부와 지평선 너머 세상과 관련된 그들의 복잡한 문제는 이제 존재하지 않았고, 그는 거의 넋이 나간 상태로 도로를 달렸고 스스로에게 아무 말도 하지 않았고 아무 노래도 부르지 않았고 아무 생각도 하지 않았다. 포터 씨는 차를 몰았고 그의 마음엔 아무것도 떠오르지 않았고 세상은 백지였고 세상은 계속 백지로 남았다.

슐 씨의 차를 운전하면서 포터 씨는 존휴스, 얼링스, 뉴필드, 반즈힐, 시턴스, 스위츠, 프리타운이라는 이름의 마을들을 거쳤고 각 마을은 저마다 그 자체가 하나의 온전한 역사였고, 입안 가득한 고통이었고, 너무나 비슷하고 또 너무나 다른 이야기들을 지닌 인간들 개개인이 살고 있었다. 그리고 슐 씨의 차를 몰아 이 마을들을, 이어지는 고통의 장면장면을 저마다 지닌 마을들을 지나가면서 포터 씨는 주변 세상으로부터 자신을 숨겼다. 이 마을들 중 일부는 세인트폴구(區)에 속했는데, 그곳은 1922년 1월 7일에 그가 태어난 구였고, 차를 몰아 자기가 태어난 구를 지나가면서 그는 주변 세상으로부터 자신을 숨겼다. 그리고 그는 볼란스 마을을 거쳐 세인트메리구로 들어섰고 이매뉴얼 마을을 거쳐 세인트메리구를 떠났으며 마켓 스트리트를 따라 올라가 슐 씨의 차고로 향했다. 그리고 그러는 동안 내내 포터 씨는 세상으로부터 자신을 숨겼고 그리하여 슐 씨의 세상과 슐 씨의 차고에 들어섰을 때, 이 차고에는 다른 차 세 대가 있었고 그 차들 역시 슐 씨의 소유였으나 그 차의 운전사들은, 사람들은 슐 씨의 소유가 아니었는데— 그 당시 슐 씨는 사람을 소유할 수는 없었기 때문이다—그때도 포터 씨는 여전히 세상으로부터 자신을 숨기고 있었다.

포터 씨는 1922년 1월 7일 세인트폴구의 잉글리시하버 마을에서 태어났다. 그의 어머니 이름은 엘프리다 로빈슨이었고 아버지 이름은 너새니얼 포터였다. 그리고 너새니얼은 열한 아이의 아버지였고 아이들은 여덟 명의 서로 다른 어머니 소생이었으며 포터 씨는 너새니얼의 아이 중 마지막으로 태어났으므로, 그 무렵 너새니얼 포터는 행복한 기분도 불행한 기분도 없이, 체념도, 어떤 식으로든 부양이 필요한 사람이 하나 더 늘었다는 부담에 저항하고 싶은 충동도 없이, 심지어 무관심조차 없이 포터 씨의 탄생을 맞이했다. 너새니얼 포터는 포터 씨, 내 아버지, 읽고 쓸 줄 몰랐고 그래서 읽기와 쓰기 둘 다를 할 줄 아는 이를 만들어냈고 그래서 읽기와 쓰기를 언제나 사랑할 이를 만들어낸 남자의 세상으로부터 스스로를 숨겼다. 그러나 너새니얼은 어부였고 월요일과 목요일에는 그물을 던졌고 화요일과 금요일에는 통발을 확인하러 갔고 수요일에는 그물을 수선했으며, 토요일에는 바로 전주에 생선을 팔아 번 돈 전부를 세었고 일요일에는 아내(그에겐 아내가 있었다, 포터 씨의 어머니가 아니었을 뿐)가 염소 스튜로 만찬을 차려주었다. 하지만 매주 토요일, 한 주 내내 번 돈을 세면서 그는 돈이 늘 그대로임을, 한 주 한 주가 가고 해가 바뀌어도 돈은 그대로임을, 그러나 아이들의 수는 그대로가 아님을 볼 수 있었다.

잉글리시하버라는 이름의 작은 마을에서 멀리 수평선 너머까지 펼쳐진 탁 트인 하늘은 너새니얼 포터에게 친숙했고, 이 하늘은 본 적 없는 이들은 상상할 수 없는 파란색이었다. 태양이라는 걸출함은 광대한 거리를 여행해 와서, 태양에 지나치게 친숙한 이에게라면 가차 없는 빛과 온도로, 전혀 친숙하지 않은 이에게

라면 축복 같은 빛과 온도로 잉글리시하버에 도달했다. 대양(대서양이었다)을 이루는 물과 바다(카리브해였다)를 이루는 물은 길들여진 물줄기가 넓게 펼쳐진 것인 양 온화하고 고요히 흘렀다. 그러나 아름다운 하늘과(하늘은 아름다웠다) 아름다운 나날과(실로 아름다운 나날이었다) 아름다운 물들과(물들은 실로 아름다웠다) 하늘의 모든 아름다움과 땅의 모든 아름다움과 물의 모든 아름다움은 너무나 깊이 너새니얼 포터의 일부였기에, 그에게는 자기 손이나 자기 눈이나 자기 발에 대해 곰곰이 생각해보라는 요청을 받은 거나 다름없었다. 그것들 없는 그의 생은 상상할 수 없을 터였다. 마찬가지로 이 물, 이 땅, 이 하늘 없는 그의 생도 상상할 수 없을 터였다.

그리고 높은 하늘과 강압적으로 비추고 강압적으로 하늘에 흐르는 빛과 서로를 향해 흘러들면서도 분리된 채인 거대한 물줄기들에 대한 경외감으로 이루어진 세상이 있었고, 높은 하늘과 푸른 하늘을 흐르는 빛과 그 아래 물줄기들로 이루어진 그 세상에서 너새니얼 포터는 어부였고 이 세상에 종속되어 있었으며, 무엇에도, 누구에게도 응답하지 않는 거대하고 큰 세상 속 자그마한 무언가였다. 그리고 하늘에서는 며칠이고 장대비가 쏟아지곤 했다. 그리고 하늘에서 흘러 내려오는 빛은 종종 겹겹의 열기의 담요가 되어 그를 질식시켰다. 그리고 커다란 물줄기들이, 대양과 바다가 너무나 심하게 요동쳐 세상은 거기 사는 모두에게 살

만지지 못한 곳이 되곤 했다. 그리고 그런 날이면 너새니얼 포터의 인생은 옹색하고 추해졌고 그의 눈으로 보는 하늘과 빛과 바다의 모든 아름다움도 추했다. 그리고 그 시절에는 너새니얼 포터 역시 아름다웠다. 다리는 길고 튼튼했으며 그가 보트를 저을 때 도움이 되었다. 팔은 길고 튼튼했으며 그가 보트를 저어 아주 깊은 물로 나아갈 때 이루 말할 수 없이 도움이 되었다. 그의 눈, 코, 입, 그리고 구릿빛이며 엉킨 실처럼 보이도록 가늘게 쪼갠 금속과도 같은 질감의 머리칼 덕분에 그는 아름다웠고, 대단히 아름다웠기에 실상 그는 서로 다른 어머니에게서 난 아이 스물한 명의 아버지였으나, 너새니얼이 아는 것은 열한 명뿐이었다. 그리고 아름다운 하늘과 아름다운 빛과 아름다운 물이 있고 하늘에서 때로는 빛이, 때로는 물이 새어 나오던 날들에, 그리고 하늘을 뚫고 질주하는 빛이 때로는 견딜 수 없는 열기를 자아내고 바다의 물이 심하게 요동치던 그런 날들에 너새니얼 포터의 통발에는 물고기 한 마리 없었고 그물을 드리우면 물고기 한 마리 걸리지 않았으며, 이는 무척이나 오래 지속되었다. 그리고 나이를 먹으면서 그의 인생은 고달파졌다. 불운을 만났을 때 그는 더 이상 쉽게 농담할 수 없었다. 고기잡이 통발과 그물에 물고기 한 마리 없는 불운. 그리고 해는 하늘의 마땅한 제자리에 있었고 하늘은 파랬고 수면은 잠잠했고 그날은 한눈에 보기에 평범한 날이었고, 풍경만 보아서는 소동의 기미라곤 전혀 없었고, 풍경은 어찌나 평온했는지 인간의 손이나 신의 분노 따위는 접한 적도 없는 듯했고, 관찰당한 적이 한 번도 없는 듯했고, 누구도 그것을 소유하겠다고 나선 적이 없는 것 같았고 소유권에 이의가 제기된 적도 한 번도 없는 것만 같았다. 자연 그 자체가 품은 변덕스러움, 인간의 이해를 벗어나는 변덕스러움이라고는 한 번도 겪은 적 없는 것 같았다.

그리고 그런 어느 날, 너새니얼 포터는 변덕스럽게 군, 그의 인생을 이루게 된 모든 것의 희미한 소리를 들을 수 있었다. 그의 자식들과 그 어머니들, 아프리카를 이루는 여러 지역 중 일부와 스페인 어딘가와 잉글랜드 어딘가와 스코틀랜드 어딘가에서 온 그의 조상들. 그를 이루는 모든 것의 희미한 소리 때문에 그는 화가 났고, 거의 행복하고 궁금할 지경에 이르렀다가 다시 화가 났고, 그의 안에서 화가 솟구쳤으며 그는 세상에서, 역사의 변덕스러움이나 기억의 변덕스러움의 흔적을 전혀 띠지 않으려 드는 세상에서, 지나가버린 세상에서 혼자였다. 그러나 너새니얼 포터는 그렇게 간단히 그런 날과 그런 풍경 속으로 들어설 수는 없었으니, 그 순간 그의 존재 자체가 그를 둘러싼 모든 것의 일부였기 때문이다. 이를테면 대지의 형상 자체, 그는 그것의 비밀스럽고 끝없는 시작의 일부였고, 그것의 경계의 일부였다. 천상을 헤치고 그가 서 있는 지상으로 내려오는 햇빛과 낮과 밤, 이 모든 것 역시 그를 이루는 일부였다. 그때 그는 얼마나 단순했는지, 얼마나 해로움을 몰랐는지, 얼마나 아름다웠고, 얼마나 무구했고, 얼마나 완벽했는지.

너새니얼 포터는 읽을 줄 몰랐고 그럴 줄 아는 아이를 하나도 만들지 않았다. 그는 열한 아이를 두었으나 읽고 또 쓸 줄 아는 아이는 하나도 만들지 않았다. 그는 제 손으로 보트를 만들었고, 보트를 저을 노를 만들었고, 나무 밑에 앉아 직접 고기잡이 그물을 만들었으며, 그가 그런 일들을 하는 동안 그의 생은 그에게서 흘러 나갔다가 도로 그에게 흘러 들어왔다. 그리고 그가 스스로 이뤄낼 수 있는 것은 아무것도 없었는데, 그가 때로는 행복했고 때로는 슬펐고 때로는 화가 났고 때로는 무력했고 때로는 가망 없었고 그가 스스로 이뤄낼 수 있는 것은 아무것도 없기 때문이었다. 어째서 그가 원치 않을 때 비가 왔는지, 어째서 그가 원할 때 비가 오지 않았는지, 어째서 그가 낮의 빛이 계속되고 더 밝게 빛나길 바랐을 때 밤의 어둠은 그렇게나 빨리 내렸는지, 그의 맨머리에 떨어질 때면 어째서 햇살처럼 결백한 것이 그렇게 가혹할 수 있었는지!

그리고 그 보트, 어떻게 해서 그는 보트 만드는 법을 배우게 되었나? 어린 소년일 때 그는 보트 만드는 남자 옆에 앉아 그가 일하는 것을 지켜보았다. 그리고 그 노, 어떻게 해서 그는 노 깎는 법을 배웠나? 보트 만드는 남자 옆에 앉아 있으면서 너새니얼은 그가 노 만드는 모습을 지켜보았다. 그리고 그 고기잡이 그물, 어떻게 해서 그는 그물을 만들고 찢어진 곳이 생기면 수선하는 법을 배웠나? 보트를 만들고 노를 만들었던 그 남자는 어부이기도 했고 그는 고기잡이 통발과 그물 만드는 법을 알았고, 너새니얼은 그의 옆에 앉아 그가 그런 일들을 하는 동안 내내 지켜보았는데, 그때 너새니얼은 소년일 뿐이었고 어부는 그의 아버지였기 때문이다. 그리고 아버지는 그에게 그 모든 일을 어떻게 하는지 가르쳐주었고 그 일들은 결국 그의 인생을 형성하게 되는데, 너새니얼 역시 어부가 되었기 때문이다. 하지만 그의 아버지는 아이들을 만드는 법은 가르쳐주지 않았고 읽고 쓸 줄 아는 아이들을 만드는 법은 가르쳐줄 수 없었다.

그리고 너새니얼이 어부가 되었을 때, 말하자면 늦은 밤의 짙은 어둠과 이른 아침의 엷어지는 어둠 속에 물고기를 잡으러 바다로 나가는 사람이 되었을 때, 그는 더 이상 아버지도, 자기보다 앞섰던 그 누구도 생각하지 않았다. 그의 인생은 그 자신의 것이었고 그에게는 그것이, 자신의 인생이 다른 인생과 닮은 점 없는 그 자체로 보였고, 그것은 무엇과도 관련되지 않은 채 자신에게 찾아왔으며 그는 자기 자신일 뿐이었고 그 밖의 어떤 것으로도 이루어져 있지 않았다. 그리고 그때 누군가 그에게 찾아오면 그는 스스로를 설명할 수 없었고, "내가 태어난 것은……"으로 시작하는 말조차 할 수 없었는데, 그는 더 이상 자기가 언제 세상에 태어났는지 관심이 없었기 때문이다. 하지만 그는 모든 사람이 태어나는 대로 태어났고 모든 사람이 잉태되는 대로 잉태되었다. 누구도 완전히 똑같은 상황에서 세상에 들어오지 않는다.

오, 너무나 생생한, 너무나 그렇지 않은 기억! 오, 너무나 믿을 만한, 너무나 그렇지 못한 기억! 그를 외부의 기후로부터 보호해주고 내면의 감정들로부터 보호해주던 그의 피부! 상상할 수 없는 미래, 너무나 불가능한 과거! 피부는 아직 너새니얼 포터의 살과 뼈에서 분리되지 않았었다! 그는 아직 젊었다.

그리고 너새니얼 포터는 땅 기슭으로 걸어가 보트에 올라타서는 그가 아는 바다의 끝으로 배를 저어 가 그물을 드리우고 안에 걸린 것을 전부 그러모았다. 그리고 설치해둔 통발을 찾아내 안에 걸린 것을 전부 그러모았고 땅과 바다가 만나는 땅 기슭으로 돌아왔고 그는 실망했는데, 잡힌 물고기가 몇 마리뿐이기 때문이었다. 이 실망 속에서 그는 참으로 혼자라고 느꼈다. 세상의 영화로움이 다 무언가! 그도 세상의 영화로움의 어엿한 일부였는데 그에겐 그 자신이 보이지 않았다. 무엇이 몸을 덮고 있든 시종 벌거벗은 자, 그것이 너새니얼 포터였다. 해는 그의 앞에서 어둠 속으로 졌다. 달이 그의 뒤에서 어둠 속에서 떠올랐다. 그리고 그 사이에는 역사가, 일어났던 모든 일이 있었고 그 끝에 너새니얼 포터라는 이름의 그리고 오직 너새니얼 포터일 뿐인 남자가 있었다. 그리고 그는 자신에게 물었으니…… 무엇을? 그는 자신에게, 무엇 하나 묻지 않았다. 왜 이것은 이쪽으로 가고 다른 것은 다른 쪽으로 가는지 묻지 않았다. 그는 자기 셔츠와 바지에 비해 몸집이 지나치게 커졌다가 그 후에는 도로 작아졌는데, 소년이었을 때처럼 작아진 것은 아니었고, 커다랗고 남자다운 모습에서 쪼그라들었을 뿐이었으며, 그래서 그는 소년만 한 몸집이었으나 도로 소년인 것은 아니었다. 그리고 사랑은 그의 삶에 들어올 수 있었고 그보다 더 사랑이 필요한 사람은 거의 없었으니 사랑은 꼭 그의 삶에 들어왔어야 했지만, 사랑은 너새니얼 포터의 삶의 일부가 되지 않았다. 그는 몹시도 사랑받지 못했으나 사랑을 몰랐기에 아쉬워할 수도 없었으니, 사랑은 한 번도 그의 존재 자체의 일부였던 적이 없기 때문이다.

그리고 세상은 그의 앞에도 뒤에도 놓여 있지 않았다. 그는 자기 세상을 이루는 바로 그 땅 위에 서 있었고 잃은 것은 아무것도 없었고 얻은 것은 아무것도 없었고 그런가 하면 모든 것을 영원히 잃었다. 어느 날 그가 통발들이 있는 곳에 가자 그 안에는 아무것도 없었고, 그날 그는 물고기가 가득 채워진 통발들이 필요했다. 그리고 어느 날 그가 그물을 드리우자 아무것도, 육지나 바다에서 생겨나 떠도는 쓰레기 하나조차도 걸리지 않았다. 처음에 그는 그 텅 빔의 완벽함에서 오는 경외감, 경이로 가득 찼다. 그의 통발들과 고기잡이 그물은 그가 아는 대로의 그의 인생, 그가 느낄 수 있는 대로의 그의 인생을 구성했다. 그러나 그에게 당장 필요한 것은 물고기가 가득한 통발, 그리고 해안에서 멀지 않은 바닷물을 훑으며 얕은 바닷속에 사는 것이면 뭐든 잔뜩 옭아내는 그물이었다. 그리고 그 허탕 친 하루, 통발과 그물이 완전히 텅 빈 그 첫날은 몇 번이고 되풀이되었다. 여러 날 후에도 너새니얼 포터의 통발과 그물은 사냥감 없이 비어 있었는데, 이 사냥감이야말로 그의 세계를 지탱하는 것이었다. 그리고 이 특정한 텅 빔, 이 특정한 침묵이 여러 날 되풀이되자 너새니얼 포터는 신을 저주했다. 그리고 그의 행동은 이러했다. 그는 닻에 매여 있던 통발들을 끊어 푸른 바다의 얕고 깊은 물속으로 흘러가게 한 다음, 바지를 벗고 맨궁둥이를 하늘로 향하게 한 후 분노한 외침으로 신에게 거기 입 맞추라고 했다. 그러나 그의 그물은 아무것도 내놓지 않았고, 그의 그물에는 무엇 하나 걸리지 않았는데, 이 그물은 그가 손수 만들었기에 그가 매듭 하나하나, 코 하나하나 속속들이 아는 그물이었다. 그리고 그는 신을 저주했고, 그 신은 어떤 구체적인 성격의 신은 아니었다. 그가 저주한 신은 전부를 아우르는 성격이었고, 그가 저주한 이 신은 한없는 선을 행할 수 있었지만 그 선은 너새니얼에게는 하나도 허락되지 않았다. 그리고 이 신은 한없는 악을 행할 수 있었고 그 악의 상당량이, 집중적인 양이 너새니얼 포터에게 쏟아졌다. 그리고 텅 빈 통발과 텅 빈 그물의 순간에 이 신의 한없는 선은, 그가 보트를 타고 누비던 드넓은 바다와 그에게 생계의 버팀목이 되어준 그 내용물들은 더 이상 그에게 보이지 않았다. 그리고 텅 빈 통발과 텅 빈 그물의 순간 그는 이 신과 결부된 한없는 악만을 확신했다. 그리고 그가 자신에게 한 말은 바로 이것이었다, 보라! 그리고 그는 보았고 그의 왼쪽에서 오른쪽으로 움직여 가는 세상은 은색과 노란색과 빨간색과 초록색과 파란색과 흰색과 자주색과 주황색과 이 모두를 넘나드는 색조로 칠해져 있었다. 그리고 그는 보았고 그의 오른쪽에서 왼쪽으로 움직여 가는 세상 역시 은색과 노란색과 빨간색과 초록색과 파란색과 흰색과 자주색과 주황색과 이 모든 색을 넘나드는 색조로 칠해져 있었다. 그리고 그는 다시, 처음에는 한쪽을, 다음에는 다른 쪽을 보았고, 또 한쪽을, 다음에는 다시 다른 쪽을 보았다. 그리고 보라! 그는 자신에게 말했고 거듭하고 거듭하고 거듭하여 그는 자신에게 말했다, 보라! 그리고 그는 자신의 밖을 보았고 자신의 안을 보았고 온통 똑같았다. 그리고 그는 다시 보았으나, 항상 똑같았다. 안팎으로 언제나 똑같았다. 실재하는 모든 것의 안팎으로 똑같은 차가움, 실재하는 모든 것의 안팎으로 똑같이 길고 음산한 공백. 오, 이처럼 새로운 날이건만, 너새니얼 포터는 자신에게 말했는데, 그가 읽을 줄 모르고 쓸 줄 모르고 그런 일을, 읽기와 쓰기를 할 수 있는 누군가를 만들 수 있다는 사실을 몰랐음에도 온통 뭉뚱그려져 혼란의 덩어리가 된 그의 감정들은 혀끝에서 그리 멀지 않은 곳에 있었기 때문이다. 그리고 그는 다시금 동트기 전의 새벽인 심연을 들여다보았고 또 같은 날의 끝인 수수께끼를 들여다보았고 자기 자신을 찾을 수 없었고 텅 빈 통발과 텅 빈 그물을 들여다보며 그는 세상이 어찌나 불가해한지, 어찌하여 규칙적인 패턴을 유지하지 못하는지, 어찌하여 그가 아는 모든 것에 불확실성이 개입되어 있는지, 어떻게 비가 필요 이상으로 올 수 있는지, 어떻게 해가 그의 온 세상이 멈추기를 열망할 정도로 사납게 내리쬘 수 있는지를 생각했다. 그리고 천상을 올려다보며 그는 자기 맨발 아래―그는 신을 신지 않았다―땅의, 맨머리 위 하늘의, 제 풍요로움을 너무나 자주 그에게서 감추고 그에게 내주지 않았던 바다의 세상을 만든 신적 존재를 저주했다. 그가 입은 바지는 그가 사는 마을에서 멀지 않은 밭에서 재배된 목화로 만들어졌는데, 목화는 층층이 쌓인 뭉치로 잉글랜드에 수송되어 그곳의 공장에서 켜켜이 쌓인 천으로 만들어진 다음 그가 사는 마을에서 그리 멀지 않은 마을의 가게로 다시 수송되었으며, 그 가게에서 그는 이 천을 몇 마 사서 신체의 그 부위를 덮는 의복을 만들었다. 그가 입은 셔츠도 바지와 출신과 도착지가 같았고, 셔츠와 바지는 마치 또 다른 종류의 피부인 양 그의 늘씬한 체구에 붙어 있었고, 마치 그것만 입고 태어난 양 그의 늘씬한 몸에 붙어 있었고, 그렇게 하여 그의 몸조차 세상과 뒤섞여 있었으며 그는 세상에서 자신을 빼낼 수 없었고, 무슨 수를 써도 세상에서 자신을 분리할 수 없었다. 들이쉬는 모든 숨이 속에서 우러나는 고통의 외침이었고, 내쉬는 모든 한숨이 견딜 수 없는 슬픔의 표현이었다.

그리고 저주가 너새니얼 포터를 덮쳤으며 이 저주는 작은 종기의 형태로 그의 팔에 나타나 다음에는 다리에 그다음에는 몸의 나머지 부위로 번졌고 마지막으로 얼굴을 뒤덮었다. 그리고 작은 종기들은 곪아 터지며 이전까지 살았던 그 어떤 것과도 같지 않은 냄새가 나는 고름을 흘렸고 그의 온몸의 체액은 고름으로 변해 그에게서 흘러나왔고, 그가 생각하기에 그를 만들고 그가 살던 세상을 만든 것이 무엇이었든 간에, 그는 그것을 더 이상 저주하지 않았고, 그를 만들고 그가 살던 세상을 만든 것이 무엇이었든 혹은 누구였든, 그는 그에 대한 생각을 마음속에서 아예 제거했다. 그리고 그가 죽었을 때 그의 몸은 검게 변해 있어 마치 거센 불길에 갇혔던 것 같았으니, 그 불은 이따금 수그러들어 흐릿한 불빛이 되었다가도 다시금 격하게 타오르고 그 격한 타오름이 매번 영원히 지속되는 그런 불이었다. 그리고 그는 죽었고 그가 마흔일곱 해 동안 그 불가피함을 향해 행진해왔음에도 그의 죽음은 갑작스럽게 여겨졌고, 죽었을 때 그는 마흔일곱 살이었고, 그의 죽음은 모든 죽음이 그러한 것과 마찬가지로 놀라운 일이었고, 그의 죽음은 그 소식을 들은 모두와 그를 알았던 모두로 하여금 잠시 멈추고 손을 놓고는 그런 일이 자기들에게도 일어날 수 있는지 궁금히 여기도록 했는데, 산 자들은 언제나 죽음이라는 현실에 의심을 품고 죽은 자들은 의심을 알지 못하며, 죽은 자들은 아무것도 알지 못하기 때문이다. 그리고 너새니얼 포터는 죽었고 많은 아이 ─ 그가 아는 것은 열한 명이었다 ─ 를 남겼고 죽었을 때 그는 읽을 줄 모르고 쓸 줄 몰랐고, 그럴 줄 아는 아이를 하나도 만들지 않았었다. 그의 자식 이름 중에는 월터와 로더릭과 프랜시스와 조지프와 데이비드와 트루하트와 존과 벤저민과 볼드윈과 미네우와 나이절이 있었고, 그 이름들은 문자로 담아내어진 역사 속에서 가져오고 또 입말로 전해진 역사 속에서 가져온 것이었다. 그리고 로더릭은 내 아버지였으나 그 또한 읽을 줄도 쓸 줄도 몰랐고, 너새니얼 포터는 그저 로더릭 포터를 만들었고 그는 내 아버지였으나 읽거나 쓸 줄 몰랐고, 그는 그저 나를 만들었는데 나는 읽을 줄 알며 또한 지금 이 순간 이 모든 것을 쓰고 있다. 지금 이 순간 나는 너새니얼 포터를 생각하는 중이고 나는 그에 대한 내 생각들과 그가 어떤 사람이었는지와 그가 어떤 사람이었을 수 있는지 그 전부를 말로 담을 수 있다. 이것들은 전부 말이며, 이 말들은 나 자신의 것이다.

그리고 너새니얼의 죽음과 매장으로부터 많은 세월이 지난 후 나는 앤티가 세인트존스시(市)의 묘지에 서서 로더릭 포터 씨― 너새니얼 포터의 아들―의 무덤을 찾고 있었다. 그는 내 아버지였지만 나는 무덤을 찾을 수가 없었다. 나는 묘지 관리인에게 문의했는데, 그는 그런 중차대한 분야, 살았다가 죽은 모든 이를 기록하는 일을 맡은 사람치고는 아주 평범한 사람이었고, 죽음의 불가피함 때문에 그의 일은 일정하고 예측 가능했으며, 커다란 검은 책, 장부를 들여다보는 그에게 말을 걸었을 때 그는 나에게도 그 자신에게도 거대하게 다가오거나 한층 중요한 인물로 부각되어 보이지는 않았다. 그는 그냥 그대로, 평범한 채였다. 그는 포터 씨가 묻힌 정확한 장소를 찾을 수 없었으나 그의 장부에는 기록되어 있었고, 그날은 포터 씨가 태어난 지 70년이 지난 어느 날이었고, 묘지 관리인이 그날을 기억하는 것은 서넛 혹은 대여섯 혹은 여남은 명이 매장지에서, 바로 무덤 앞에서 싸웠기 때문이었는데, 싸움의 이유는 포터 씨, 바로 내 아버지가 자기들을 가장 사랑했을 거라고, 자기 생에서 누구도, 살아생전 누구도 사랑하지 않았던 바로 이 남자가 자기들을, 저마다 자신을 세상의 다른 어떤 것이나 다른 누구보다 더, 가장 사랑했을 거라고 여겼기 때문이었다. 에마라는 이름의 누군가는 그가 소년이고 배고팠을 때 먹을 빵을 준 적 있다고 기억했다. 자비스라는 이름의 누군가는 포터 씨를 지나치게 사랑했던 한 여자가 끓는 기름을 퍼부었을 때 그를 끌어당겨 피하게 해준 적 있다고 말했다. 그의 딸 하나는 포터 씨가 자신을 강간했으나 그를 너무나 사랑했기에 관이 땅속으로 내려지는 것을 보기 전까지는 그가 범한 폭행을 말할 수 없었다고 했다. 사랑과 증오의 이야기는 계속 이어졌고, 묘지 관리인이 포터 씨에 대해 아는 바는 그게 다였다. 그리고 세상과 세상 만사는 그의 발밑에서 소용돌이쳤고 세상과 세상만사는 그의 머리 위에서 소용돌이쳤고 묘지 관리인은 나를 쳐다보면서, 하지만 나를 전혀 보지 않으면서 말하기를, 아무도 죽기 전까지는 진정으로 알 수 없다고, 사람은 죽은 뒤에야 진정으로 알 수 있다고, 왜냐하면 죽으면 자기 행동들을 수정할 수 없고, 너무나 잠잠한 상태에, 죽음이라는 영원한 잠잠함에 들고, 비난에 대꾸할 수 없고, 잘못된 일을 바로잡을 수 없고, 용서를 구할 수 없고, 맞대응하여 그릇된 일이 전혀 일어나지 않았던 것처럼 보이게 할 수 없고, 사람은 상상 속에서 잘못됨을 완벽하게 하고, 현실에서 잘못됨을 완벽하게 하기 때문이라고 했다. 그는 이 모든 말을 한 다음 "에, 에"라 말하고는 발걸음을 옮기기 시작했고 나는 너무 가깝지 않게 그를 따라갔고, 그는 손으로 이마에 맺힌 번들거리는 습기를 닦았는데, 이마에 맺힌 번들거리는 습기를 제거하는 이 동작은 그 자신이 좀 더 편해지기 위해서는 아니었고, 아무 의미도 없었다. 그는 셔츠와 바지 차림이었고 그것들은 면으로 만들어졌지만, 이 특정한 천의 출처는 그에게 아무런 생각도, 한순간의 멈춤도, 한마디 하는 데 걸리는 시간도, 전혀 그 무엇도 불러일으키지 않을 터였다. 그리고 묘지 관리인은 나를 뭉그러진 흙무더기로 데려갔는데, 이 흙무더기는 깊이 뿌리 내린 풀과 그 못지않게 깊이 뿌리 내린, 7월 밤에만 피는 흰 백합에 장악당해 있었다. 그리고 묘지 관리인은 "에, 에"라고 말했고 다시 "에, 에"라 말했다. 그리고 이 "에, 에"라는 말을 할 때면 항상 그의 목소리에는 놀람이 가득했는데, 그 순간 일어나는 모든 일이 너무나 뜻밖인 듯, 혹은 그 순간 일어나는 모든 일이 기억이고 단지 다시 일어나고 있을 뿐인 듯했다. 그는 내게 포터 씨가 묻힌 곳을 보여주려 했고, 매장지에서 엄청난 소동이 일어났기에 그날을 잘 기억했다. 한쪽에는 포터 씨의 자녀들이 있었지만 서로 대화하지 않았다. 다른 쪽에는 그가 여러 해를 같이 살았던 여자가 있었지만 그의 자식들과 대화하지 않았다. 그리고 그들은 아무것도 물려받지 못했기에 서로에게 욕설을 퍼부었다. 포터 씨는 상당한 재산 전부를 꽤 멀리 떨어진 다른 섬에 사는 먼 친척에게 남겼다. 그리고 그 먼 섬에 살던 먼 친척은 포터 씨의 돈을 갖고 고향으로 돌아갔으나 얼마 지나지 않아 그도 죽었고, 포터 씨의 상당한 재산은 그의 자식들의, 그리고 그와 함께 살았고 생의 마지막 며칠 그를 무척이나 다정히 돌보았던 여자의 눈앞에서 사라졌다. 너무나 많은 고통이 포터 씨에게 따라붙었고, 너무나 많은 고통이 그를 소진했고, 너무나 많은 고통을 그는 남기고 갔다.

묘지 관리인은 앞장서서 묘지를 누비며 포터 씨의 무덤을 찾았고 나는 그를 뒤따랐지만, 너무 가깝지는 않게 따라갔다. 마호가니 나무 아래 작은 흙무더기가 바로 그곳일지 모른다고 그는 말했으나, 그러다가 아니, 저쪽 불꽃나무에서 멀지 않은 곳 같다고 했는데, 불꽃나무가 많았으므로, 묘지에 그 나무가 많이 자라고 있었으므로 나는 그가 어떤 나무를 집어 말하는 건지 알 길이 없었다. 그는 그날을 잘 기억한다고, 해가 아주 밝게 빛나고 하늘에는 구름 한 점 없었다고 말했고, 나는 이곳의 해는 언제나 아주 밝게 빛났고 하늘에는 구름 한 점 없었다고 그에게 말하지 않았고, 게다가 해가 아주 밝고 구름 없는 날이라는 점에서 뭔가 찾아낼 거라도 있나? 하지만 나는 그에게 아무 말 하지 않았고, 동의하지도 반대하지도 않았다. 그리고 그날 화난 사람들이 무덤 주변에 모였고, 관이 내려지고 사람들이 고인을 위해 찬송가를 불렀던 것을 기억한다고 그는 말했다. 노랫소리를 들었다고 그는 말했다. 그들은 "영광의 왕께서 달려 죽으신 놀라운 십자가를 나 바라볼 때면"*이라고 노래했다. 그들은 "영-광의 왕-께서 / 달려 죽-으신 놀-라운 / 십-자가를 나 / 바-라볼 때-면"이라고 노래했다. 그리고 그들의 목소리는 길을 벗어나고 서로 어긋나며 선율을 제 목적과 제 필요에 맞게 왜곡했을까, 나는 속으로 궁금해했다. 그리고 그는 "그래!"라며 흙무더기 하나를, 무너진 흙무더기, 주저앉아가는 흙무더기를 가리켰고, 이곳이 포터 씨가 묻힌 곳이라고, 포터 씨가 묻혔다고 그가 믿는 곳이라고 말했고, 아마 그 순간 그는 내가 지겨워졌고 내가 워낙 많은 요구를 했으므로 나를 떨쳐내고 싶었을 테고, 그래서 그는 포터 씨가 묻힌 무덤을 알려주었다. 그리고 무덤은 헐벗지 않고 약쑥에 뒤덮여 있었는데, 이는 내 어머니와 어머니 친구들이 자궁을 씻어내고 싶을 때 마시는 영약의 주재료로 쓰이는 식물이었다. 무덤은 내가 지금은 트라더스칸티아알비플로라**라고 알고 있는 식물로도 덮여 있었다. 그

---

* 'When I Survey the Wondrous Cross'라는 찬송가의 한 구절. 이어지는 구절의 가사는 "내 가장 값진 재산도 손실처럼 여기며, 내 모든 오만함에 경멸을 퍼붓네"로, 세상의 부귀영화를 누릴 수 있었음에도 십자가에 못 박힌 예수를 생각하며 재물에 대한 욕심을 반성하는 내용이다. 우리나라에는 '주 달려 죽은 십자가'라는 번안으로 알려져 있다.
** 삼색달개비로 알려진 식물의 학명.

리고 묘지 관리인은 말했다. "포터를 알았소?" 이것이 묘지 관리인이 내게 한 질문으로, 그는 "포터를 알았소?"라 물었다. 그리고 나는 "포터 씨는 내 아버지였죠, 내 아버지의 이름은 포터 씨였습니다"라 말했다. 그리고 나와 포터 씨의 관계와 그가 내 어머니를 내밀하게 알았다는 점과 그가 나를 만들고 내가 세상에 출현하는 데 공헌했던 방식을 두고 내가 아는 가장 직선적인 방식으로 이렇게 말한 순간, 나는 내 시초로, 어머니 배 속에 누워 있던 9개월 짜리로, 따스하게 웅크린 채 어머니의 육체적 존재 자체에서 양분을 얻던 때로 다시금 돌아갔고, 나는 포터 씨와 나 자신에 대해 아무것도 몰랐다. 그리고 어머니 배 속에서 7개월이 되었을 때, 나는 몸을 웅크리고 있었으나 공격하기 직전의 무언가 같지는 않게, 속박에서 막 풀려나려는 무언가 같지는 않게, 순하고 영원한 무언가처럼, 뭐라 이름 붙일 수 없는 무언가처럼 몸을 웅크리고 있었다. 그리고 이를 나는 지금 상상하고 있으나 그럼에도 이는 진실이고, 내가 지금 상상하는 것은 사실이고, 진실한 것이며, 부인될 수 없다. 나는 어머니 배 속에 9개월 동안 누워 있었으나, 내가 7개월째였을 때 내 어머니, 당시 이름이 애니 빅토리아 리처드슨이었던 어머니는 내 아버지를 떠났고, 당시 아버지 이름은 로더릭 포터였고, 죽을 때까지 그 이름이었다. 그리고 묘지 관리인은 내 시초에 전혀 관심이 없었는데, 그는 오직 죽은 자들의 안녕만을 염려했고, 어쨌거나 산 자들에게 죽은 자들에 대한 그들의 전반적인 염려에서 자신이 중대한 역할을 맡고 있다는 확신을 심어주기만 하면 되었기 때문이다. 그리고 슬픔과 상실의 한가운데 있는 사람들은 그가 자기들의 슬픔과 상실에 비할 만한 것은 한 번도 본 적 없으리라 믿으며 그를 찾아왔고, 그는 그렇지 않다는 말은 하지 않았고 이곳의 넘치는 슬픔과 상실을 저곳의 넘치는 슬픔과 절망에 비교하지 않았다. 그리고 그는 하늘을, 그보다는 천국을 올려다보고 있었으니 나를 보고 말한 것은 전혀 아니면서도 어쨌든 내게 묻기를 포터 씨가 내 아버지냐고 했고("포터의 애요?") 내가 "네"라고 하자 그는 친절함도 불친절함도 보이지 않았고 여전히 무심한 채였다. 그리고 묘지 관리인의 이름은 헥터나 볼드윈이 아니었고, 포터 씨가 묻혀 있다고 말한 장소 근처, 포터 씨가 묻혀 있다고 그가 생각하는 장소 근처, 내가 지긋지긋해졌기 때문에 포터 씨가 묻혀 있다고 그가 주장하는 장소 근처에 서 있는 그를 바라보며 나는 포터 씨를 생각했고 그건 그가 내 아버지였기 때문이다. 그리고 포터 씨는 그의 아버지 너새니얼처럼 읽을 줄 몰랐고 둘 중 누구도 쓸 줄 몰랐고, 그들의 세상, 그들이 살았던 세상과 그들이 존재했던 세상은 끝났으며, 축을 중심으로 회전하는 지구 움직임의 거대한 매끄러움에 그들의 존재가 남긴 사소하고 불규칙한 덜컥거림은 더 이상 없었고 그들은 그 누구 혹은 무엇에 의해서도 기려지거나 심지어 아쉽게 여겨지지도 않았다. 그리고 포터 씨로부터 나는 만들어졌고, 나는 읽고 쓸 줄 알며 그 일을 사랑하기까지 한다.

그리고 포터 씨는 독자적인 인간이 아니었고, 그는 말들로 만들어지지 않았고, 그의 아버지는 너새니얼이었고 어머니는 엘프리다였으며 둘 중 누구도 읽거나 쓸 줄 몰랐다. 그의 시초는 누구나와 똑같았고 그의 종말도 그러할 터였다. 그는 긴 낮과 긴 밤에 시작되었고 9개월 후 태어났으며 너새니얼은 어느 날, 고기잡이 그물을 수선하는 자리인 나무 그늘로 가던 중 자신과 걸음걸이가 닮고 얼굴이 닮은 어린 사내아이를 보기 전까지 그의 존재를 전혀 알지 못했는데 그 사내아이(로더릭이 그의 이름이었고, 그는 후에 포터 씨가 된다) 곁에는 여자가 있었으며 여자의 이름은 엘프리다였다. 그리고 포터 씨를 본 너새니얼은 눈길을 돌렸는데, 그 아이는 그의 아들이었으나 그가 원하던 아들은 아니었고, 그는 자기 아들들 중 누구도 원한 적 없었고, 자기 자식들 중 누구도 원한 적 없었기 때문이다. 그리고 포터 씨가 어머니 엘프리다와 걸어오는 것을 보며 너새니얼에게는 누군가를 사랑하는 기쁨, 혹은 다정하고 마음 통하는 벗이 주는 만족스러움은 떠오르지 않았고, 모든 일을 목적의식 충만하고 유용하고 완벽하게 해낸 하루의 해가 지는 것을 보면 느껴져야 할 흐뭇함조차 떠오르지 않았다. 포터 씨, 로더릭이었던 어린 소년, 내 아버지가 될 소년을 보자 너새니얼은 그물의 작은 구멍들을 수선하며 끈에서 찾게 될 찢어진 곳들을 떠올렸고, 자기 인생이라는 하찮음, 매일 하루의 시작으로 들어서는 고통, 행운이 그에게 베풀기를 거절했던 방식, 턱없이 부족하게 찼을 때가 너무 많은 통발들, 결코 다른 미래를 품은 적 없는 자기 과거를 떠올렸다. 그는 나는 누구인가?라는 생각은 결코 한 적 없었고, 이는 그가 어린 로더릭을, 내 아버지가 된 소년을 보았을 때조차 그랬고, 너새니얼은 읽을 줄 모르고 쓸 줄 몰랐다.

"오오오오오!"라는 기나긴 한숨을 너새니얼 포터는 죽기 직전에 그리고 그 전에도 여러 번 내뱉었고 그것은 그가 모든 자녀와 그들에게서 나올 이들 모두에게 남긴 유일한 유산이었다. 절망과 무력함이 결합된 이 소리, "오오오오오"를 그들 모두가, 너새니얼 포터에게서 난 이들 모두가 부르짖고 부르짖었다. 그리고 달[月]들은 8월에서 9월까지, 12월에서 2월까지, 4월에서 7월 말까지였다. 그리고 해[年]들은 똑같았고 주들은 해와 똑같았고 또 날들과 분들도 마찬가지였고 너새니얼은 이 모든 것 — 해들과 달들과 주들과 날들과 시[時]들과 분들 — 에 갇혀 있다가는 죽었고, 모든 사람이 그러듯 그는 죽었고, 그는 포터 씨를, 그의 아들을 남겼고, 포터 씨는 내 아버지였고 내 아버지의 이름은 로더릭 포터였다.

그리고 너새니얼의 생의 종말은 새로운 생의 시작을 불러오지 않았다. 그의 생은 모든 것에 너무나 흔한 정적으로 끝났고 그런 면에서 그는 비범했고 그런 면에서 비범하지 않았다. 그리고 고통과 비참함으로 미쳐서, 하지만 절망에 미쳐 있지는 않은 채로,

절망은 거기 들어오지 않은 채로 죽어갈 때 그의 온 생애는 눈앞을 지나가지 않았고, 자식들의 얼굴은 눈앞의 보이지 않는 허공에 떠돌지 않았고, 또 그는 누구의 이름도, 자식들의 이름도, 자기 어머니와 아버지의 이름도, 자신의 이름도 외쳐 부르지 않았다. 그리고 그는 자기가 태어난 날을 저주하지 않았고, 다만 그의 조상들 한 명 한 명이 태어났던 날을 저주했다. 그리고 그의 조상들의 모든 병적인 노력이 그의 죽음으로 철저한 종말을 맞을 수 있다면, 세상은 어떤 모습일까? 하지만 그러기에는 너무 늦었으니, 이미 포터 씨, 로더릭 너새니얼 포터가 존재했고, 그 남자, 로더릭 너새니얼 포터는 내 아버지였다.

그리고 포터 씨, 내 아버지가 된 남자, 70세까지 살았고 그동안 내내 읽을 줄 몰랐고 쓰기를 배우지 않았던 로더릭 너새니얼 포터라는 이름의 남자는 1922년 1월 7일 태어났고 1992년 6월 4일에 죽었다. 그리고 그 70년의 생에서 그는 자기 자신보다 나은 사람이 되기를 바라지 않았고 그보다 못한 사람이 되기는 분명 더 더욱 바라지 않았다. 그리고 그 70년 동안 매일이 그날의 위험을 안고 있었고, 매일의 위험은 너무나 견디기 힘들면서도 또 너무나 예사로워서 마치 숨쉬기 같았고, 이런 식으로 고통은 정상이 되었고, 이런 식으로 고통은 생 그 자체가 되었으며, 이 고통을 방해하는 것은 무엇이든, 그것이 정의와 행복이든 혹은 더 많은 고통과 부당함이든, 적개심과 분노와 실망으로 받아들여졌다. 그리고 70년의 생 시초에 70년은 포터 씨에게 상상조차 할 수 없는 엄청난 세월로 여겨졌을 것이며, 생의 끝 무렵에는 그가 살았던 모든 날이 하루, 그것이 무엇이든 간에 하루와도 같이 느껴졌다.

그리고 비가 내리지 않은 지 오래였고 바람 없던 한밤중에, 가뭄이 한창이었던 1922년 1월 7일에 포터 씨는 태어났고 그의 어머니 이름은 엘프리다 로빈슨이었고 그때 그는 그녀의 유일한 아이였으며 평생 그녀의 유일한 아이로 남았다. 그리고 그 긴 가뭄과 밤의 가장 어두운 때가 한창이던 중에 포터 씨는 세상에 나왔고 아무것도 거기에 신경 쓰지 않았고 그가 세상에 나타남으로써 가뭄, 비 없음의 상태는 끝나지 않았고, 그의 나타남으로 세상은 멈추지 않았다. 그리고 세상이 왜 그래야 하겠는가, 왜 세상이 포터 씨가 태어났을 때 멈추지 않았음을 굳이 언급해야 하는가, 그리고 세상은 그의 탄생을 무시한 것이 아니며, 세상은 그저 무심했을 따름이다. 이 세상에, 다시 말해 신이 창조한 대로의 세상과 인간 활동에 의해 계속해서 창조되는 대로의 세상에. 그리고 앤티가였던 (그리고 지금도 그런) 섬의 세인트폴구의 작은 마을 잉글리시하버에서 포터 씨는 태어났고, 엘프리다 로빈슨이라는 이름의 어머니의 자궁에서 나올 때, 처음에는 자그마한 자기 만족의 덩어리였다가 인간이라는 놀라운 성급함으로 터져 나올 때, 그는 크게 울었지만 슬퍼서 그랬던 것은 아니었고 다만 작고 젤리 같은 폐를 확장하기 위해서였는데, 그것은 본능적인 노력에 불과했으며 그때 그는 아직 자기 의지를 의식하지 못했었다. 그리고 그가 어머니의 자궁에서 나올 때(그녀의 이름은 엘프리다 로빈슨이었다) 그녀는 자기 몸이 뿔뿔이 흩어지는 듯한, 갈기갈기 찢기는 듯한 느낌이었고 각 조각이 서로 멀리 날아가 다시는 하나로 합쳐질 수 없을 것 같았고 그녀는 자기가 누구인지 어디서 왔는지 알 수 없어하며 자기 이름을 기억하려고 애썼는데, 그러면 뭐든 될 것 같아서였고, 그녀의 이름은 엘프리다 로빈슨이었고, 그녀는 자기 이름을 기억해냈고 그 이름은 엘프리다 로빈슨이었다. 그리고 그녀의 아들, 조직과 뼈들과 피로 이루어진 이 집합체는 그녀의 아들이었는데, 이 아들을 조산사 유델 간호사(그녀의 이름은 실비아 유델이었고 잉글리시하버, 팔머스, 올드로드, 리베르타, 얼링스, 존휴스 마을에서는 누구나 그녀에게 해산의 도움을 받을 수 있었다. 그보다 거리가 먼 경우 그녀는 자신을 필요로 할지도 모를 이들에게 대단한 오만을 부리며 그 근방, 그 인근으로 찾아가길 거부했다)는 부드럽게 안아주지 않았다. 태어났을 때 포터 씨는 자신을 세상에 나오도록 받아준 사람, 실비아 유델 간호사에게 멸시당하며 안겼는데, 그녀는 그와 똑같은 존재 너무나 여럿을, 포터 씨가 세상에 나온 것과 아주 똑같은 방식으로 받았기 때문이었고, 여느 때와 달라야 함을 드러내는 어떠한 징조도 그녀에게 나타난 바 없었고, 어떠한 신성한 순간도 그녀가 이 많은 출생을 목격하며 경외감과 존경을 품도록 하지는 못했고, 그녀에게 이 많은 출생은 밭이 내놓는 산출, 바다가 내놓는 산출과 다를 바 없었고, 모든 종류의 산출은 평범하고 당연한 일로 여겨지는데, 모든 종류의 산출이 무언가를 산출하지 못할 때만이 그 예외다.

그리고 그녀가 느낀, 몸을 갈가리 찢는 고통, 다리 사이 축축한 지점에서 시작해 흉골 바로 아래서 끝나며 온몸이 오직 그 부위만으로 이루어진 느낌이 들게 하는 고통, 그리고 너무나 큰, 너무나 크나큰 그 모든 고통에서 나온 것은 이 작은 자기만족의 덩어리(그것은 포터 씨였다)에 불과했고, 그 모든 것에서 포터 씨가 나왔고, 그는 놀라우리만치 성급하고 결백했으며 젤리 같은 폐는 처음에는 꽉 오므라져 있다가 스스로의 노력을 통해 확장되었고 그리하여 그는 살아 있다고 불리는 것에 속하게 되었다. 그러나 이 자기만족과 성급함과 결백함의 작은 덩어리를 보며 그녀는 그를 너무나도 사랑했고, 그런 것을, 이 사랑을 어찌해야 할지 몰랐기에 그에게 로드니라는 이름을 붙였고, 이는 영국의 해상 범죄자 조지 브리지스 로드니*에게서 따온 이름이었는데, 그의 범죄적 성격과 업적은 이야기로 되풀이되어 전해지며 심하게 왜곡된 나머지 그의 행동의 희생자들마저 그를 경배하기에 이르렀다. 열여섯 살에 엘프리다 로빈슨의 인생은 이미 시들시들하고 궁색했고, 영국 해군 제독이자 월턴온템스의 헨리 로드니의 차남인 조지 브리지스 로드니의 생애의 방대함은 그녀를 압도했으며(그는 역사의 공식 영역에 있었기 때문이다) 그녀와는 동떨어지게 여겨졌는데, 그가 실제로 역사의 공식 영역에 있었기 때문이었고, 그 동떨어짐은 또한 익숙하고 흔했고, 그래서 그 출생이 자신에게 진정한 의미는 없었던 아들에게 그녀는 자신에게 아무런 의미도 없는 이름을 지어주고 싶었고, 아무런 의미 없음에 대한 이 바람에서 그녀는 다른 선택을 했고, 그래서 그녀는 아들을 로드니가 아닌 로더릭이라 이름 지었다. 세상의 그 부분, 아찔하리만치 넓은 세상의 그 작은 부분에는 로드니라는 이름의 사람이 많지만, 포터 씨는 아니었다. 포터 씨의 이름은 로더릭이었고 이 남자, 로더릭 포터는 내 아버지였다.

---

* 영국의 해군 제독이며 미국독립전쟁에서 프랑스 함대를 격파한 것으로 유명하고 영국에서는 넬슨과 더불어 손꼽히는 해군 영웅이다. 7년전쟁 때 영국과 프랑스는 서인도제도의 식민지를 두고 여러 차례 전투를 벌였는데, 그는 마르티니크섬 침공(1762) 때 영국 함대를 이끌었다(앤티가섬은 당시 영국 식민지였고 지원군을 보냈다). 로드니는 유능했지만 사익을 지나치게 추구한다는 평을 받았는데, 작가가 비판하는 것은 제국주의적 영웅이라는 전반적인 평으로 보인다.

그리고 한밤중, 포터 씨가 태어나는 중이었으며 따라서 아직 진짜 이름은 없던 바로 그때, 실비아 유델 간호사의 위 속 내용물은 여섯 시간 전 저녁 식사 때부터 그대로인 채 조금도 가라앉지 않았고, 귀하든 아니든, 미발견된 어떤 액체처럼, 지표면 바로 밑까지 올라온 액체처럼 부글거렸으며 그녀를 거북하게 했다가 저절로 폭발했다가 기만적으로 잠잠해졌다. 포터 씨가 태어나던 방은 집 전체를 이루었고, 그 방, 사실상 집 자체인 방의 벽에는 칠이 되어 있지 않았고 아무것도 걸려 있지 않았다. 그리고 그 방, 집 전체인 방의 한구석에는 뜨거운 물이 가득 담긴 에나멜 양동이가 놓여 있었으나 포터 씨가 태어날 무렵 물은 더 이상 뜨겁지 않았고 그렇다고 아주 차갑지도 않았다. 그리고 다른 구석에는 얄팍한 나무로 된 상자가 있었고 이 상자에는 흰 면으로 된 시트들과 흰 면으로 된 작은 옷들과 흰 면으로 된 자그마한 보닛이 있었고 이 모든 것은 엘프리다가 배 속에 품은 아기를 위해 만든 것이었다(그때 그녀는 아기가 포터 씨일 줄은 몰랐다). 그리고 얄팍한 나무로 된 상자 뒤에는 쥐 한 마리가 있었고 쥐는 얌전했는데, 어쩌면 잠들었거나 어쩌면 아기가 갓 태어나려는 분주한 밤에 그저 휴식을 취하고 있는지도 몰랐다. 그리고 또 다른 구석, 이것으로 세 번째가 되는 구석에는 먼지가 모여 있었고, 네 번째 구석에도 역시 먼지가 모여 있었고, 모든 구석과 거기 모인 것들은 엘프리다가 심한 고통 중에 지르는 비명에 무심했고, 그녀의 비명은 방, 즉 집의 벽을 뚫고 나가 어두운 하늘에까지 닿았는데, 하늘이 어두운 것은 구름이 짙게 끼어, 보름달이고 밝음이 넘쳐나는 달과 반짝거리고 반사광으로 눈부시게 빛나는 별들의 빛을 막고 있기 때문이었고, 엘프리다가 지르는 비명에 밤은 텅 비어 있어, 메아리조차 뒤따르지 않았다. 그리고 요란한 소리, 꿀꿀대는 소리 같고 개 짖는 소리 같은 소리가 유델 간호사의 입술에서 새어 나왔고, 악취가, 너무나 강력해 무엇이든, 누구든 죽일 수 있을 만한 지독한 냄새가 뒤따라 나와 방을, 집을 이루는 전부인 방을 네 구석까지 뒤덮었고, 냄새는 방에, 집을 이루는 전부인 방에 머물렀으나, 집을 떠나지 않고 방을 떠나지 않았고, 포터 씨의 어머니가 그를 낳으며 지르는 비명, 고통의 정의 그 자체인 비명은 그 자리의 모든 것, 가까이 오는 모든 것, 그 소리를 들었을 모든 것, 그 근처에 있던 모든 것, 실제인 모든 것이나 상상에 불과한 모든 것을 압도했다. 그리고 포터 씨는 폐쇄되고 완전한 세상, 만족 그 이상으로 만족한 세상에 태어났고, 그의 존재 자체에 세상은 무심하여, 지구는 그 영원한 궤도를 돌았고, 바다 물결은 높이 차올랐다가는 빠져나갔고, 모든 산은 여전히 위풍당당한 그대로였고, 언덕들은 산에 비해 적당히 수수한 그대로였고, 강들은 때로는 온화하게 흐르고 때로는 변덕스러운 맹렬함에 사로잡혀 흘렀다. 그리고 세월이 흐르며 이 변화한 풍경은 불변성 그 자체를 정의하게 되고, 이 풍경은 민족(people)을 만들 수 있다. 한 민족은 이 풍경을 보면 자신들이 진정 누구인지 알 수 있다. 그리고 포터 씨는 태어났고, 온 세상이 이에 무심했다.

그리고 조산사, 실비아 유델 간호사는 갓 태어난 포터 씨를, 발가벗은 채 어머니의 피와 점액으로만 보호받던 포터 씨를 받아 방, 사실상 집의 한쪽 구석에 있던 물 양동이에 담갔고, 양동이의 물은 원래 뜨거웠으나 포터 씨가 그 안에 들어갔을 때는, 그는 갓 태어난 참이었는데, 물은 뜨겁지 않았고 차갑지 않았다. 물은 온도에 무심했다. 그리고 어머니의 피와 점액을 제거한 후 조산사, 실비아 유델 간호사는 그를 담요에 싸 어머니, 엘프리다 로빈슨 옆에 뉘었고, 그녀가 누운 침대는 아주 깨끗한, 무척이나 깨끗한 헝겊으로 만든 자리였고, 어머니와 아이, 엘프리다와 포터 씨는 공동의 목적, 포터 씨를 안전하게 세상에 나오게 하는 목적을 다 하느라 진이 빠져 잠들었으나, 이 공동의 목적은 어떤 결말을 위해서였나? 어떤 결말을 향해서도 아니었다. 신생아의 가느다랗고 새된 울음소리가 끝없는 울림이 되어 조산사, 실비아 유델 간호사의 귓속에 맴돌았고, 그 소리를 들으며 그들, 어머니와 아이가 모든 것에, 방금 (집 자체인) 방 안에서 일어난 모든 일과 그 밖에서 일어난 일과 그 전부에 완전히 무지한 채 잠든 모습을 보고 있자니 그녀는 몹시도 예민해졌고, 너무나 많은 일이 일어나 결국 이 조산사조차 알 수는 없었으나 오직 추측만, 마치 이 일에 재능을 타고난 사람처럼 감지만 할 수 있을 뿐이었다. 세상에는 멸시의 대상인 이들을 세상에 내놓는 노고를 덜어주는 일 외의 일들도 있다는 것을 말이다.

그리고 어머니 자궁 밖으로 나온 생의 첫 몇 시간 동안 갓 태어난 포터 씨는 새로운 어머니 곁에 붙어 잠을 잤는데, 그는 그녀의 첫아이였으며 유일한 아이가 될 것이었고(그녀에겐 그 말고 자녀가 없었다), 그의 머리는 온화하게 고동치는 그녀의 심장 곁에 붙어 있었고, 그녀의 호흡은 몹시 규칙적이고 몹시 차분하고 몹시 완벽하여 신이 몸소 그렇게 만든 것 같았다. 그는 그날 밤 내내 잤고 아침에 어머니 가슴에서 젖을 먹었다. 그는 그날 아침 내내 잤고 정오에 어머니 가슴에서 젖을 먹었고, 생의 첫 일주일 동안 그는 잠을 자고 어머니 가슴에서 젖을 먹었고, 그녀, 어머니 엘프리다 로빈슨은 잠을 자고 아들에게 가슴의 젖을 먹였다. 그리고 그 일주일이 지나자 잠자기와 젖먹이기는 모두 끝났고, 너무나 최종적으로 끝났기에 마치 그런 일이 전혀 없었던 듯, 포터 씨가 어머니 곁에 누웠던 적이 없었고 그녀의 외아들인 그가 어머니 가슴의 젖을 먹고 이 자양분에 몹시도 만족하여 근심 없는 단잠을 잤던 적이 없었던 듯했고, 그는 바로 그렇게, 근심 없이 잤으며 70년 평생 그런 잠을 다시는 자지 못할 것이었다. 포터 씨의 존재의 결백함이 어찌나 그 어머니의 기력을 소진하게 했는지, 마치 그가 곤충이며 이것이 여러 탈바꿈의 단계 중 하나인 듯 그가 어찌나 본능적이고 자기만족적으로 살았는지, 그가 어머니의 자궁에서 나오고 첫 주, 그 한 주 동안 그의 작은 존재의 현실은 그때까지 있었고 지금 있고 앞으로 있을 모든 것의 복잡한 방대함에 얼마나 확실하게 필수적이었는지. 그러나 그때 그의 어머니 엘프리다 로빈슨, 그 자궁 안에서 그가 9개월을, 그보다 며칠 더하거나 덜한 시간을 보냈던 그녀는 그가 자기 옆에 누워 있는 것이, 자기 젖을 먹는 것이, 그러고는 옆에서 자는 것이 지겨워졌고, 그를 떼어 내기를 간절히 열망했다. 그리고 그녀는 침대에서 나와 그를 바닥에, 깨끗한 헝겊, 무척이나 깨끗한 헝겊으로 그를 위해 마련한 둥지 같은 잠자리에 내려놓았고, 그를 혼자 두고 밖으로 나가 덥고 가문 날 속을 돌아다녔으나, 그녀에겐 그가, 포터 씨가 때로는 배가 고파, 때로는 외로워서 우는 소리가 들렸고, 그의 울음소리를 들으면 그녀의 심장은 때로는 두 쪽으로 갈라졌고 때로는 흠집조차 나지 않는 어떤 광물처럼 굳어졌다. 그리고 그녀의 가슴은 말라붙어 젖이 나오지 않게 되었고(그렇게 되도록 그녀가 의지를 발휘했다), 포터 씨, 그녀의 외아들, 그녀가 평생 가질 유일한 아이에게 그녀는 애로루트 전분으로 만든 멀건 죽, 혹은 옥수숫가루로 만든 멀건 죽, 혹은 거친 갈색 해초로 만든 죽을 먹였다. 그리고 포터 씨의 어머니 엘프리다 로빈슨은 그가 지겨워졌고, 그가 하는 요구들이 지겨워졌다. 그에겐 먹을 것이 필요했고, 성장하고 있었으므로 옷이 필요했고, 사랑이 필요했으나 그것은 사리에 맞지 않았고 둘 중 누구도 그에게 사랑이 필요하다는 것을 몰랐으니, 그런 사이의 두 사람, 어머니와 아들에게 그리고 그런 상황에서 사랑이 무엇이었으랴. 그것은 삶에 필수적이지만 그들에게 딱히 의미는 없었다.

그리고 그 작은 사내아이를 보면, 그는 이제 사내아이, 작은 사내아이로 자랐던 것인데, 작은 방(집)의 바닥을 기어다녔고, 일어나 앉았고, 방(집) 밖을 걸었고, 그러다가 처음에는 불완전한 문장으로 그다음에는 완전한 문장으로 말을 했고, 그에게 옷이 더 필요하면 그녀는 옷 만드는 법을 알고 있었으므로 손수 만들어주었고, 그가 병이 나 밤새도록 기침하고 폐에서 나오는 숨소리가 전혀 숨소리 같지 않고 대장간 풀무에서 나오는 바람 소리 같을 때면 그녀는 밤새도록 그의 곁을 지키며 장뇌와 수지를 섞어 갈색 종이에 발라 가슴에 붙여주었고, 유칼립투스 나뭇잎과 여러 다른 관목과 나무의 잎으로 차를 만들어 먹여 병을 낫게 했다. 어린아이였을 때 포터 씨는 살아 있는 것이라면 무엇이든 으레 겪는 곤란들을 겪었고, 상태가 좋았다가 나빴다가 했지만 주로 나쁠 때가 많았는데, 그는 언제나 무척 창백했고, 자주 아팠고, 무척 자주 죽음 직전까지 갔으며, 죽음은 언제나 너무나 예측 불가능하고 너무나 변덕스럽기 때문이었다. 그리고 포터 씨가 어린아이였을 때, 다섯 살 정도의 사내아이였을 때 그의 어머니는 그가 지겨워져 셰퍼드 부인이라는 이름의 여자에게 그를 줘버렸고, 그런 다음 바다로 걸어 들어갔고, 마치 그러면 마침내 새로운 것에, 그녀가 알았던 것과 전혀 닮지 않은 새로운 장소에, 그녀가 그때까지 알았던 것의 기억을, 아니 실은 현실을 지워버릴 새로운 장소에 도달하게 되리라는 듯 바다로 걸어 들어갔다. 그때 바다는 꼭 제 모습대로, 거대한 물줄기로 보였고, 물 자체의 존재는 너무나 뚜렷해 알려진 모든 것을, 그녀, 엘프리다 로빈슨이 알 수 있던 모든 것을 압도했고, 그녀가 바다로 걸어 들어갈 때 그 현실은 그녀의 감각을 벗어났으나 감각을 벗어난다는 것이 무엇이었겠는가, 그녀는 자기 자신을 아주 잘 이해했고, 자기 자신을 완벽히 이해했고, 자신의 외부를 이해했고 내부를 이해했고 심지어 자기 자신과 그와 너무나 다른, 전혀 자신이 아닌 것 사이의 경계선조차 이해했으니 말이다. 그러나 몹시 새로운 이 요소는 엘프리다 로빈슨이 인식할 수 있는 대로의 물이 아니었다. 이 물은 농밀하고 텅 비고(그것은 어둠의 한 형태였다) 시커멓고 무질서했으며, 아무것도 없이 움직였고 뭔가가 들어차 농밀했는데, 농밀하게 들어찬 그것이 무엇이었든 자양분은 없었고, 물은 워낙 농밀하고 또 워낙 묵직하고 워낙 압도적이라, 마치 은총이나 축복이나 뭔가 좋은 것, 무엇이든 좋은 것일 듯도 했으나, 거기에 붙일 이름은 찾을 수 없었고, 그것은 바다, 포터 씨의 어머니 엘프리다 로빈슨이 그의 존재가 지겨워졌을 때 걸어 들어간 바다의 질감과 분위기와 실체 그 자체였다. 그리고 바다로 걸어 들어갔을 때 포터 씨의 어머니는 그다지 심하게 절망해 있지 않았고, 그다지 심하게 가망 없음을 느끼고 있지 않았을 뿐만 아니라 그 이상으로, 그녀는 그 너머에 놓인 것으로만 이루어져 있었다. 어머니 없는 어린 여자아이인 그녀를 보라, 그리고 그보다 앞서 어머니가 없었던 그녀의 어머니를 보라, 그 어머니 역시 어머니가 없었고, 이렇게 계속 거슬러 올라가면 영원까지는 아니더라도 1492년*이라는 연도로 시작할 문장에 이른다. 영원은 과거와 상상할 수 없는 평화와 앞으로 올 기쁨을 이루는, 상상할 수 없는 끔찍함이기 때문이다. 그리고 엘프리다의 아버지, 아무개 로빈슨이라는 이름의 남자는 어디 있는가? 그리고 그의 아버지와 또 그의 아버지와, 영원히 이어지는, 앞으로 올 영원이 아닌 과거로 이어지는 영원 속의 이들은 어디 있는가?

인간이 황량함 속에, 사랑과 정의 같은 인간적 감정이 없는 세상에 존재할 수 있을까? 사랑은 물론 정의마저 이따금씩만 소량으로, 혹은 마치 인간에게 꼭 필요하고 흔한 식량의 야생 종자처럼(쌀도 괜찮고, 옥수수도 괜찮고, 어떤 종류의 곡물이든 괜찮다) 예기치 못하게 존재하는 세상에? 답은 '그렇다'이고 또 '그렇다'이며 답은 '아니다, 사실은 전혀 그렇지 않다'이다. 그리고 당시 포터 씨의 어머니였으며 언제나 그러할 엘프리다가 바다로 걸어 들어간 그날, 모든 것은 아주 평범하고 그대로였는데, 마치 평

---

*   크리스토퍼 콜럼버스가 아메리카 대륙에 상륙한 해다.

범함은 이따금 찬양받을 만한 가치도 없는 듯, 평범함은 결코 열망할 만한 것이 아닌 듯, 평범함은 결코 아쉬워할 만한 것이 아닌 듯, 있는 것이라곤 평범함뿐이며 그 밖의 것은 무엇이든 방해물인 듯했다. 해에서 나오는 빛은 이제 느긋하게 작은 섬 전체로 뻗어나갔는데, 이미 한참 전에 맹렬하게 그림자를 전부 몰아냈고, 한참 전에 맹렬하게 모든 틈새를 뚫고 들어갔기 때문이다. 하늘은 어떤 곳에서는 옅은 파란색이었는데, 그 색, 파란색으로 있는데 지친 듯, 그 색, 파란색으로 있는 마지막인 듯했고, 또 어떤 곳에서는 하늘의 파란색이 몹시 강렬하고 하늘이 그 색, 파란색으로 너무나 짙어서, 그 색, 파란색이 그때 막 만들어지는 중인 듯했고, 아주 새로운 것인 듯, 이전에는 보인 적 없고 무엇으로도 대체할 수 없는 것인 듯했으며 이 파란색은 알려진 모든 욕구를 충족해줄 듯했다. 그리고 나무들과 식물들은 자랐는데, 사방의 나뭇잎은 꽃과 과실과 씨앗을 둘러싼 채 무분별하게 제멋대로 자라지는 않았고(그들은 대개 계속되는 가뭄 속에 살았다), 조심스럽고 슬프게, 때로는 하늘로 오르는 것은 잘못이라는 듯 바닥에 낮게 맴돌며 자랐다. 그리고 때로는 하나의 나무가 다음과 같은 방식으로 절충을 보아, 나무의 반은 휴면 상태고 반은 그렇지 않은 채, 휴면 중인 반은 그대로 있고 생장하는 반은 빈약하게 자랐다. 그리고 육지 그 자체, 엘프리다 로빈슨이 자신을 삼켜버릴 바다로 걸어가며 밟았던 육지는 굽었다가 쭉 뻗었고, 솟아올라 작은 언덕들을 이루었다가 평평해졌고, 육지는 환대하지도 박대하지도 않았으며, 의도적으로 그러지는 않았다. 그것은 아주 작은 섬, 정말로 중요치 않은 섬의 육지에 불과했고, 그녀도 정말로 중요치 않았으며, 다만 그녀는 내 아버지의 어머니였고 나는 나 자신이 그 사실을 잊게 할 수 없음을 안다.

그리고 바다로 걸어 들어간 그날 그녀가 입고 있던 드레스는 푸른 포플린으로 되어 있었고, 그녀의 고통받는 피부를 덮은 그 천조차 저만의 고통받은 역사가 있었으니, 포플린이라는 그 이름은 묘사에서조차 몹시 순진하고, 큰 두루마리로 말려 있을 때는 몹시 초라하고, 옷으로 만들어져 엘프리다가 입었을 때도, 어떤 상황에서도, 앉아 있을 때나 바다에 삼켜지려고 죽음을 향해 걸어갈 때나 몹시 초라했다. 그리고 드레스에는 흰 샴브레이로 된 흰 칼라와 흰 샴브레이로 된 소맷동이 붙은 소매가 달려 있었고, 그녀는 허리 바로 위, 가슴 바로 아래에 팔짱을 껴, 마치 자기가 자기 자신의 아이이며 어려운 임무 직전에 위안과 격려가 필요한 듯 제 몸을 안고 있었다. 그녀는 신발을 신지 않았는데, 신발이라곤 하나도 없기 때문이었다. 길을 걸어가는 그녀의 눈은 감겨 있었다. 그녀의 양쪽으로 풍경이, 위로 솟아오르는 갈색 점토와 아래로 펼쳐지는 갈색 점토의 풍경이 있었고, 그녀의 눈이 감겨 있던 것은 손짓하여 부르는 세상을 차단하기 위해서는 아니었고, 자기를 사랑하라고 유혹할지 모를 세상을 차단하기 위해서도 아니었다. 그녀의 눈이 감겨 있던 것은 너무도 피곤했기 때문에, 눈을 너무도 오래 뜨고 있었기 때문이었다. 그리고 세상은 제 평범함에 만족하여 평소처럼 이쪽으로 그러고는 저쪽으로 움직였고, 그때조차 포터 씨의 어머니였던 엘프리다 로빈슨은 의심 없이 그리고 목적 없이 바다로 걸어갔다.

그리고 그녀는 점토로 형성된 평평한 중심부에서 걸어가, 오래 휴면 중인 화산으로 형성되어 언덕이 진 남쪽과 남서쪽을 향해 나아갔고, 다음에는 북쪽으로 그다음에는 북동쪽으로 걸어갔고, 벤달스 마을 근처의 벤달스천(川)을 건넜다. 그러나 개천, 그 느릿하고 잔잔하고 한결같은 흐름과 겸손하게 내는 온화한 소리로 너무도 자주 삶의 다정함을 상징하며 그 존재 자체가 우리 인간이 받아들이는 세상 속의 너무도 많은 잔혹하고 폭력적이고 무시무시한 것들에 대한 거부인 흐르는 개천은 그녀의 주목을 끌 수 없었다. 어디에나 있는 개천, 그게 어쨌단 말인가! 그리고 그녀는 바다를 향해 걸어갔으나, 잉글리시 항구나 올드로드 절벽이나 윌러비만(灣)이나 논서치 항구나 분스곶(串)이나 웨더럴곶이나 파이브아일랜즈 마을이나 칼라일곶이나 리그넘바이티만이나 디에프만에서 만날 수 있는 바다는 아니었다. 그녀는 랫섬(Rat Island) 쪽으로 걸어갔고, 적들에게 노출되어 취약한 설치류를 닮은 모양의 이 작은 바위섬은 좁은 땅 조각, 지협에 의해 앤티가와 연결되어 있었다. 그리고 오랜 세월이 지나, 왜냐하면 그녀의 생은 1927년이나 대략 그 무렵 끝났으므로, 내 어머니는 나를 랫섬으로 데려와 수영을 가르치곤 했는데 나는 결코 수영하는 법을 배우지 못했고, 성금요일마다 오래전 살해당한 한 남자를 위한 슬픈 추도 미사를 드리고 나면 어머니와 나는 랫섬으로 가서 새조개를 파내고 분홍색 해초를 찾았다. 조개도 해초도 식사를 만들기에 충분할 만큼 찾은 적은 한 번도 없었지만, 그래도 우리는 매년 성금요일 미사를 마치고 거듭해서 랫섬을 찾아갔다. 거기엔 쓸모 있는 것이라곤 아무것도 자라지 않았고, 야생 돼지 일족들의 보금자리였는데, 가축이었다가 탈출해 사나워진 이 돼지들은 위험하지는 않았고 갑자기 마주치면 겁이 날 뿐이었다. 그리고 한번은 내가 해안에 서서 랫섬 근처 물에서 수영하는 어머니를 보고 있던 중 어머니가 깊이 잠수해 내 시야에서 사라졌고, 나의 상실감, 내 어머니를 잃었다는 상실감은 내 이해의 한도를 훌쩍 뛰어넘었기에, 오늘날까지 그 일을 되새기는 것만으로도 나는 무(無)로, 컴컴하고 경계 없고 언제까지나 그러할 텅 빈 공간으로 추락하기 직전에 놓인다. 그러나 엘프리다가 걸어간 것은 이곳, 랫섬의 만을 향해서였고, 바다는 그녀를 받아들였고 거기엔 사랑도, 무심함도, 어떠한 의미도 없었다. 그리고 엘프리다 로빈슨이 죽은 곳은 랫섬이었고 내가 내 어머니가 죽었다고 잘못 생각한 곳도 랫섬이었으나, 어머니와 그런 일이 있었을 때 나는 엘프리다 로빈슨에 대해 몰랐고, 나는 포터 씨에 대해 몰랐고, 그럼에도 그는 변함없이 내 아버지였고 엘프리다는 그의 어머니였다.

　그리고 엘프리다 로빈슨은 바다가 삶이며 따라서 기쁘게 껴안아야 할 것인 듯 바다로 걸어 들어갔고, 바다는 그녀를 삼켰다가 낡은 옷처럼 쥐어짜 말리고는 자그마한 조각들로 갈았고 작은 조각들은 녹아서 보이지 않게 사라졌으나, 시야에서 사라졌을 뿐 여전히 거기 있는데, 볼 수 없을 뿐이다. 그리고 그녀가 삶을 단념한 순간은 바다가 그녀 위로 닫힌 바로 그 순간이 아니었다. 그 순간은 오래전에 왔었다. 그녀가 삶을 단념한 순간은, 그녀와 세상 사이의 공간이 광막하고 알 수 없게 된 순간은 바닷물의 강력한 실체가 그녀를 덮치기 한참 전에 발생했다. 그러고는 침묵이 있었으나, 오직 그녀에게만이었다. 그러고는 암흑이 있었으나, 오직 그녀에게만이었다. 그리고 세상은 말과 질서와 아름다움과 그 정반대의 모든 것 너머로까지 물러났으나, 오직 그녀에게만이었다. 그리고 머지않아 아무도 그녀의 얘기를 입에 올리지 않았고, 그녀의 용기는(그것은 용기가 맞았으므로) 비겁함이 되고 그 후에는 이상한 것, 너무 이상하기에 되풀이되어서는 안 될 것이 되어, 얼마 후에는 누구도, 그녀의 유일한 아이이자 아들인 포터 씨도, 그의 아버지 너새니얼도, 너새니얼의 다른 아이들이나 다른 아내들이나 애인이나 지인도, 아무도 다시는 그녀를 생각하지 않았고, 오직 나만이 지금 그녀를 생각하며, 그녀는 포터 씨의 어머니였고 내 아버지의 이름은 포터 씨였다.

어머니 없는 로더릭 너새니얼 포터를 보라, 하지만 그는 자신이 어머니가 없다는 사실을 몰랐다. 작은 소년인 그를, 혹독하고 무정한 모든 것에, 혹독하고 사랑 없는 모든 것에, 혹독하고 무자비한 모든 것에 취약한 그를 보라. 작은 소년인 그를 보라! 버터 없이 싸구려 빵을 먹고, 우유 없이 코코아를 마시고, 우유를 마시는 일은 결코 없는 그를. 솥 바닥에서 나온, 자기 몫인 눌어붙은 쌀밥과 생선 약간을 먹는 그를. 그의 옷가지를 보라, 그의 카키색 면바지, 샴브레이 셔츠는 군데군데 얇아지고 군데군데 찢어져 그의 빈약한 체구에 모양새 없이 걸려 있고, 거칠고 각질투성이인 그의 피부에 닿을까 두려운 듯 움츠러들어 몸에서 떨어져 있다. 마당을 걸어가는 그를 보라, 그의 발바닥은 헐벗은 맨발인 채 땅의 직접적인, 가까운 표면과 만나고, 때로 이 가까운 표면은 부드러운 진흙이고 때로 이 가까운 표면은 단단하고 메마르고 돌투성이다. 손에 편지를 쥐고, 혹은 입술에 짤막한 전갈을 담고 좁은 길을 걸어가는 그를 보라. 뭔가 중요한 것 ― 이를테면 음식 ― 이 든 커다란 보따리를 머리에 조심스레(아름답게는 아니었다, 그는 여자가 아니었으므로) 균형 잡아 얹고 좁은 길을 걸어가는 그를 보라. 어린아이다운 어깨에 셰퍼드 교장과 그의 아내 셰퍼드 선생의 볼일을 짊어지고 좁은 길을 걸어가는 그를 보라. 작은 소년, 로더릭 너새니얼 포터가 그가 태어난 침대의 재료로 쓰였던 낡고 깨끗한 헝겊들이 아닌, 낡고 더러운 헝겊들로 된 침대에서 잠든 모습을 보라. 잠들기 전, 잠들기 직전, 몹시 피곤하고 몹시 배고픈 이 작은 소년을 보라, 그리고 그 배 속에서 나는 끄르륵 소리, 기름칠하지 않은 채로 생나무를 자르는 낡은 톱에서 나는 듯한 소리를 들어보라. 이 작은 소년이 잠든 모습을 보라, 그는 아주 깊은 잠에 빠져 있고, 꿈은 참으로 현실이 되고 그 나름의 세상이 되며, 이 꿈의 세상은 그가 깨어 있을 때 아는 세상과 정반대일 때도 있고 그와 똑같을 때도 있고, 그는 꿈들을 아쉬워할 때도 있고 깨어난 후 기억조차 못 할 때도 있다. 이 작은 소년이 미동도 없이 아주 깊은 잠에 빠진 모습을 보라, 그의 몸은 잠잠하지만 죽은 것은 아니고, 죽음의 삶을 사는 것도 아니고, 그의 몸은 잠잠하지만 잠잠하게 움직이고 있으며(그렇다, 움직임과 잠잠함은 하나가 되어 동시에 일어날 수 있다. 그럴 수 있으며 실로 그랬다), 그는 숨을 들이쉬었다가 내쉬고, 그의 가슴은 부드럽게 오르내린다. 이 작은 소년을 보라, 그는 포터 씨가 되며, 그때 그의 이름은 출생 증명서에는 로더릭 너새니얼이었고, 그때 그의 이름은 그의 어머니 마음속에서는 로더릭 포터였고, 그때 그의 이름은 그를 만나는 이들에게는 드리키였다. 이 작은 소년이 아침에 깨어나는 것을 보라, 그가 깨어난 깊은 잠은 전혀 걱정 없는 풍경을, 나름의 기복이 있고 좋고 나쁨이 있는 풍경을 형성했었다. 이 작은 소년이 부엌 한구석에 있는 자기 자리의 세상에서 깨어난 것을 보라, 그가 눈을 비비면, 땀과 아주 비슷하지만 땀은 아닌 끈적한 액체가 자는 동안 눈에서 흘러나와 굳어서 얇은 껍질이 되어 그의 눈가, 양쪽 눈가에 붙어 있고, 눈가에 뭉쳐 들러붙은 끈적한 액체 때문에 그는 처음에는 앞이 흐릿하고 제대로 보이지 않으며 그래서 그는 화가 나 눈에서 얇은 막을 거칠게 문질러 떼고 그러면 눈앞의 모든 것이 선명해진다. 그는 잠자리에서 나와 옷을 입을 것이며(신발은 없다), 그는 이제 잠자는 삶에서 걸어 나와 세상으로 걸어 들어가고, 그는 저 자신과 완벽한 화합을 이루는데, 완벽한 화합이란 선량한 신의 분야, 혹은 평범하게 격하된 자들의 분야이기 때문이다. 포터 씨, 내 아버지, 로더릭 너새니얼 포터는 평범하게 격하된 자에 속했다. 그리고 이제 모퉁이를 도는 그를 보라, 자신의 불행을 아직 알지 못한 채, 세상이 그에게 잇따른 부당함을, 잇따른 잔혹함을 퍼부었다는 사실을 결코 알지 못한 채, 그의 존재 자체는 신성했으나 그의 삶은 악의 승리였음을 결코 알지 못할 채 모퉁이를 도는 그를. 마음에 드는 물건을 쥐고 골목의, 어떤 골목이든, 모퉁이를 도는 그를 보라. 발끝에 걸렸던 돌, 그 돌이 돌치고는 생김새가 우습거나, 돌치고는 촉감이 별나거나, 혹은 자신도 결코 알지 못할 어떤 이유로 그는 돌을 집어 든다. 그리고 그 돌을 갖고 골목 모퉁이를 돌며 그는 팔짝팔짝 뛰어 장난스러운 기미를 보이고, 그는 돌을 높이 던졌다가 받아내기에 성공하여 장난스러운 기미를 보이고, 그는 혼자이고, 팔짝팔짝 뛰며 허공에 돌을 던졌다가 받는 기쁨은 그만의 것, 그가 소유한 것이다. 그리고 그 순간에 자신의 기쁨과 화합을 이루며 그는 자기 자신이고, 그것은 그가 소유한 것이다. 포터 씨를 보라, 영혼이 스스로의 행동과 화합을 이루고, 행동이 스스로의 영혼과 화합을 이룬, 작은 소년. 포터 씨를 보라, 세상의 아주 작은 한 모퉁이를 지나며 한없고 기뻐하는, 어린아이였을 때의 이러한 포터 씨를 보라, 한없는 기쁨이란 그의 인생에서 너무도 드물기 때문이다. 작은 소년인 그를 보라, 그때 그는 드리키였고, 아직 포터 씨가 아니었고, 로더릭조차 아닌 드리키, 작은 소년이었고, 그의 어머니는 바다로 걸어 들어갔고, 그의 아버지는 바다가 베푸는 결실에서 자기가 받은 작은 몫을 저주한 후 죽었고, 그는 그를 사랑할 수 없는 사람들과 함께 살고 있었고, 그들은 그 무엇도 전혀 사랑할 수 없는 사람들이었고, 그, 아직 포터 씨가 아닌 드리키 역시 그 무엇도 사랑할 수 없었다.

그리고 포터 씨의 어머니는 양파 냄새가 났고, 그가 그녀에 대해 기억하는 거라고는 그것뿐, 그녀가 양파 냄새가 났고 마지막으로 보았을 때 그녀가 그를, 이 작은 소년, 그녀의 외아들을 셰퍼드 교장 부부에게 맡겼다는 것뿐이었고, 그녀는 그를 두고 가버렸으며 그 후 오랫동안(작은 소년에게 그건 정확히 어떠했을까?) 그는 그녀가 다시 와서 자신을 데려갈 거라 생각했고, 그러다가는 그녀가 다시 와서 자기에게 어떤 말을, 무슨 말이라도 해주리라 생각했고, 그 후에는 '어머니가 나를 한번 보기 위해서라도 다시 올 거야, 어머니가 날 볼 때 난 어머니를 보게 될 거야'라고 생각했고, 그 후 이 모든 것은 어둠과 빛으로 된 커다란 텅 빈 공간으로 이어졌고, 이 어둠과 빛은 때로 분리되어 있었고, 이 어둠과 빛은 때로 뒤섞여 있었고, 오직 어둠과 빛으로―분리되어 있

거나 한데 섞인─이루어진 이 단일한 빈 공간이 엘프리다 로빈
슨, 그의 어머니가 머무르는 곳이었다. 그리고 양파 냄새를 맡으
면 그는 그녀를 기억했고, 그 냄새는 양파가 요리되는 냄새거나
때로는 누군가의 입에서 말을 둘러싸고 나오는 냄새였고 때로는
이렇다 할 설명도 전혀 없이 공중에 떠도는 양파 냄새였는데, 공
중에 떠도는 냄새는 어떤 징조, 일종의 조짐 같았다. 하지만 양파
는 음식이 아니고 음식에 향을 돋울 뿐이었고, 양파는 생명의 양
식이 아니고 생명의 양식을 보다 맛있게, 보다 먹음직스럽게 할
뿐이었다. 그리고 어머니를 향한 그의 채워지지 않은 그리움은
그때 그가 아는 한에서는 그의 내면에 공허감을 생기게 하지 않
았고, 이는 그가 죽는 날까지 달라지지 않았다. 그리고 그가 그토
록 작고 그와 그를 닮은 생김새의 모든 이를 겨냥한 악의 역사 전
체에 취약했을 때, 그리고 그를 특정하여 퍼부어진 많고 많은 사
소한 모욕들에 그토록 취약했을 때 어머니가 그를 버렸다는 사실
은 그때 그가 아는 한에서는 세상에 대한 그의 관점에 영향을 미
치지 않았고, 이는 그가 죽는 날까지 달라지지 않았다. 그리고 오
랜 세월이 흘러, 소년이었던 때는 한참 전이고 그가 죽을 날이 제
법 가까웠을 때 그는 어머니의 이름을 기억할 수 없었고, 어머니
의 얼굴, 그 모양, 그 색깔, 그 감촉을 기억할 수 없었고, 어머니의
이름을 기억할 수 없었고, 오직 어머니에게 양파 냄새가, 살아가
는 데 꼭 필요한 것은 전혀 아닌 식품의 냄새가 났다는 것만 기억

할 수 있었다. 그의 어머니는 양파와 양파와 양파 냄새가 났다.

　매 순간은 어찌나 변화의 가능성으로 넘쳐흐르며, 매 순간은 어찌나 새로움으로 넘쳐흐르는지. 그러면서도 매 순간 세상은 겉보기에 어찌나 고정되어 있고 확고부동하고 불변인지. 우리 중 일부가 보기에는 우리가 제 껍데기에 든 새조개, 제 깃털을 갖춘 새, 털과 피부로 덮인 포유류와 같지 않다면 얼마나 아무것도 아닌지. 행복이든 불행이든 그 사이 방대한 범위 어딘가에 해당하는 무엇이든, 그 고정된 상태를 세상이 보장해주리라고 우리는 어찌나 확신하는지. 어찌하여 우리는 패배했을 때 영원을 보며, 승리했을 때 역시 영원히 영구히 끝없이 언제까지나 영원을 보는지. 우리는 얼마나 어렴풋하고 막연하게 우리가 아무것도 아니라고 느끼며, 우리가 모든 것이라고 어찌나 확신하는지, 앞으로 있을 모든 것이 우리 안에 존재하며 어떤 사물이나 개념도 우리를 대체할 수 없을 거라고.

　그리고 셰퍼드 씨라는 남자가 있었고 그의 아내는 셰퍼드 부인이었고 둘 다 아프리카 노예의 후손이었고 다른 민족들의 후손이기도 했지만 셰퍼드 교장과 셰퍼드 선생을 보면 다른 민족들은 별 중요성이 없었다. 부부는 무엇보다도 노예였던 아프리카인들의 후손처럼 생겼던 것이다. 그리고 셰퍼드 씨는 말했는데⋯⋯ 하지만 그에겐 할 말이 없었으니, 모든 것이 그의 얼굴에 나와 있었고, 그 얼굴은 주먹 쥔 손을 모든 방식으로 흉내 내듯 꽉 찌푸려져 있었으며, 분노의 덩어리가 육체로 나타난 것이었기에 강력한 이 주먹은 펴질 줄 몰랐고 그래서 셰퍼드 씨의 얼굴은 얼굴처럼 보였고 얼굴이었으나 수용, 친절, 사랑, 호기심, 혹은 앞으로 다가올 것이 신이 허락한 환영받는 모험일 것이라는 감정을 드러내지는 않았다. 셰퍼드 씨의 얼굴에는 증오받는 자들에게서 볼 수 있는 정력이 가득했다. 모든 인간이 어느 면에서는 그렇듯, 셰퍼드 씨는 평범했다. 매우 특별한 방식으로 그는 그의 과거로 만들어져 있었고, 다른 인간과 함께 있을 때 인간은 모두 각자의 과거로 만들어져 있으며, 과거야말로 그들의 진정한 현재성이다. 그리고 셰퍼드 씨는 많은 말을 했음에도 아무것도 말하지 않았는데, 그의 말이 과거를 바꿀 수 없는 것은 확실했고, 그 무엇도 그렇게 할 수는 없었고, 과거는 확실성이었다. 그리고 셰퍼드 씨는 중단했고, 그는 멈췄고, 그는 영원히, 궁극적으로 얼어붙었고, 그가 알게 된 세상은 때릴 만한 뭔가를 기다리는 꽉 쥔 주먹이었고, 이는 그의 얼굴이었다. 그의 얼굴은 언제나 이 두 가지의 표현이었다. 승리의 가능성과 패배의 확실성. 이런 세상 안에서 그리고 이런 두 사람, 셰퍼드 교장과 셰퍼드 선생의 보호 안에서 포터 씨, 내 아버지는, 포터 씨가 내 아버지의 이름이기 때문인데, 자랐다. 말하자면 그는 세상에 자신을 소속시켰고, 우리 모두가 아는 세상, 둥글고 위와 아래와 맞은편이 있고, 저쪽이 있고, 바로 여기와 그 너머와 어떻게 그런 일이 있을 수 있지가 있는 세상에 자신을 소속시켰다. 수수께끼, 어리둥절한 일, 그가 받아들일 수 있는 설명을 벗어나는 일 말이다. 포터 씨는 강인해졌다. 그리고 부당함은 그에게 너무나 뚜렷한 실체여서 마치 숨쉬기 같았고, 산소 같았고, 서 있는 것과 같았고, 하늘의 푸름 같았고, 바다를 이루는 물 같았고, 그의 앞에 서 있는 모든 것 같았다. 그것은 언제나 거기 있고, 거기 있을 권리가 있고, 그것이 사라진다면 새로운 질서가 성립된다는 뜻일 텐데, 그렇다면 포터 씨는 어디 있게 되겠는가! 하지만 포터 씨는 계속해서, 스스로의 의지로는 아니었지만, 작은 소년은 계속해서 자라났고, 셰퍼드 씨는 자기 자신을 미워하는 것처럼 그를 미워했고 또 주변의 모두를 미워했지만 셰퍼드 선생만은 아니었는데, 그는 그녀를 미워하지 않았고, 그녀를 사랑하지도 않았고 그녀를 미워하지도 않았으나, 왜인가? 그리고 포터 씨는 자라서 남자가 되었고, 그 남자는 포터 씨가 되었고, 드리키가 자라서 되는 그 남자는 인생의 위험들을 고생스레 헤쳐나갔고, 어리고 새롭고 어리석었으며, 이 모든 것, 젊음과 새로움과 어리석음을 모두 거치고도 살아남았고, 그러던 어느 날 그는 포터 씨가 되었으며 누가 그를 그렇게 만든 것은 아니었고, 어느 날 그는 자신이 포터 씨임을 알았다. 그리고 셰퍼드 씨는 드리키에게 운전하는 법을 가르쳤고 드리키는―그의 이름은 결국은 포터 씨였고, 나는 포터 씨라는 그 이름으로 그를 알게 되었으며 그는 내가 아는 이름으로 영원히 알려질 터이니, 그의 인생이라는 서사를 쓸 수 있는 사람은 나이고 사실 내가 유일하기 때문이다―셰퍼드 교장을 차에 태워 셰퍼드 학교까지 운전해주었는데, 이 학교는 포터 씨 같은 소년들을 위한 학교였으나 그곳 학생들의 어머니는 바다로 걸어 들어가지 않았고, 셰퍼드 씨는 셰퍼드 학교의 학생들을 미워했고 포터 씨를 그보다 더 미워했고, 자기 자신을 그보다 한층 더 미워했으나 그 점은 알지 못했다. 그리고 셰퍼드 씨는 상상할 수 있는 모든 방식으로 드리키에게 그림자를 드리웠으니, 그 외에 그가 뭘 할 수 있었겠는가. 그리고 세상은 그 전체로 그리고 상상할 수 있는 모든 방식으로 드리키에게 그림자를 드리웠으니, 어떻게 구성되었든 세상은 그런 식으로 돌아가며 그림자를 드리우고 드리우기 때문이었고, 드리키는 빛남의 반대가 되었다. 그는 둔해졌고, 이는 마치 귀금속으로 만들어진 유용한 물건이 선반에 얹힌 채 잊힌 것 같았고, 그는 잊힌 존재들이 그렇듯 둔하고 흉해졌으며, 이는 진실이다. 흉한 것은 종종 그 자체로 흉하고, 흉한 것은 종종 잊힌 무언가, 시야에서 차단되고 기억에서 차단된 무언가일 뿐이고, 흉한 것은 종종 아름다움의 정의 그 자체일 뿐만 아니라 말로 다 할 수 없고 어떤 묘사로도 다 할 수 없는 무언가로서 아름다움을 내보인다. 그리고……

그리고 셰퍼드 씨는 차를, 네 명이 탈 수 있는 작은 차를 구했고, 포터 씨에게 그 차를 운전하는 법을 가르쳤고, 자동차 운전을 배우는 이 과정 내내 셰퍼드 씨는 아직 포터 씨가 아니었던 작은 소년 드리키에게 많은 욕설을 퍼부었지만 그 결과 그는 포터 씨가 되는데, 소년은 운전사가 되어 모자와 근사한 셔츠와 잘 다려진 바지를 입었기 때문이었고, 셰퍼드 교장 부부를 떠나 살게 된 후로 그는 목적지로 태워다 주기를 원하는 사람에게는 누구나 스스로를 포터 씨라고 칭하게 되었고, 이는 모두 그가 그 작은 자동차를 다루는 법을 익힌 덕분이었다. 그리고 셰퍼드 씨는 이 작은 차를 홀 씨라는 사람에게서 입수했는데, 그는 역사의 사악한 사건들이 그에게도 역시 내려앉아 벗어날 수 없는 손아귀에 넣고 조인 탓에 육체의 골격 자체가 변형된 사람이었고, 자기 자신을 너무 몰랐기에 그가 말하면 그의 말들은 그가 하려는 말의 근사치로 들렸고, 그가 하려는 말은 종종 거짓이었는데, 홀 씨는 여러 세대에 걸친 승리자들의 후손이었기 때문이다. 그리고 이 차— 그들이 만들 수 없고, 어떻게 만들어졌는지 전혀 모르고, 그들이 신세계에 난폭하게 나타나고 격하됨으로써(승리자도 패배자만큼 격하되기 때문이다) 이 물건, 차라는 것이 가능해졌음을 알지 못하는 것—관련 거래가 둘 사이에 성사되었을 때, 둘은 각자, 동등한 비율로는 아니었지만, 오만함과 자부심으로 얼마나 뿌듯해했으며 그들이 일상에서 만나는 사람 대부분은 자신들에게 견줄 만큼의 신의 축복을 받지 못했다고 얼마나 확신했는지, 그들은 자동차가 있고 그들이 아는 사람 대부분은 없었기 때문이다. 그리고 둘이 받은 축복은 동등하지 않았다. 홀 씨는 그 후 잉글랜드에서 막 도착한 새 차를 샀고, 그 차는 다섯 명이 편안히 앉을 수 있으며 셰퍼드 씨의 차는 홀 씨가 쓰던 중고차이고 네 명만 앉을 수 있기 때문이었다. 그리고 셰퍼드 씨가 중고이나마 처음 갖는 작은 차, 네 명만 탈 수 있는 차, 평생 갖게 될 유일한 차에 대해 느끼는 기쁨은 홀 씨가 새 차, 다섯 명이 탈 수 있는 두 번째로 갖는 신차에 대해 느끼는 기쁨보다 더 컸다.

그리고 그 차가 중고품이라는 사실은 셰퍼드 씨의 마음에서 사라졌고, 그는 차를 몹시 아꼈고, 신품이었다고 할지라도 그보다 더 사랑하지는 않았을 터이고, 어떻게 더 사랑할 수 있을지 몰랐을 것이다. 셰퍼드 씨는 자동차를 갖게 되리라고는 기대도 한 적 없었고, 그에겐 자전거가, 아주 좋은 자전거가 있었다. 녹이 슬었을 때조차 그 녹슮은 자전거의 탁월함의 일부였다. 셰퍼드 씨는 자기 차를 무척 사랑했고, 이 사랑, 네 명이 탈 수 있는 작은 중고차에 대해 그가 품은 감정은 새로운 경험이었다. 그는 셰퍼드 선생을 사랑하지 않았고, 둘 사이의 네 아이, 네 아들을 사랑하지 않았는데, 이 아이들은 아무것도 되고 싶어 하지 않았지만 셰퍼드 씨는 그들이 취약한 사람들의 작은 무리를 지배하게 될 것임을 알았고 그게 어떤 방식일지 셰퍼드 씨는 아직 정하지 않았다. 셰퍼드 씨는 셰퍼드 선생을 사랑하지 않았고 자기 아이들을 사랑하지 않았으나 그들이 자신에게 얼마나 중요한지는 확고하게 알았고, 그들은 그의 눈과 입과 심장과 발과 같아서, 하나라도 잃어버리면 자신이 부서지리라는 것을, 심장이 부서지는 것이 아니라 그냥 부서져 그들을 잃기 전의 원래 모습으로 돌아갈 수 없으리라는 것을 알았다. 그리고 그는 자기 차를 사랑했고 때로는 그것이 자정 직전 밤하늘의 색인 깊고 깊은 바다의 푸른빛 속에 아늑히 파묻힌 모습을 보려는 일념으로 일부러 깨어나곤 했다. 그리고 그는 차가 빗속에 서 있는 모습을 사랑했고, 차의 빛나는 회색 영구 코팅은 그가 상상도 할 수 없었던 피부색을 띤 채 갑자기 내리는 맹렬한 폭우에, 며칠, 몇 주, 몇 개월, 때로는 몇 년씩 애타는 갈망의 대상이었던 폭우에 저항했다. 그는 자기 차를 정말로 사랑했고 그 안에 앉아 모셔지고 싶었다. 그래야 차를 모는 노동이 차를 향한 그의 사랑을 방해하지 않을 터였다. 그리고 셰퍼드 씨는 포터 씨에게 운전을 가르쳤고, 포터 씨에게 운전을 가르치면서 셰퍼드 씨는 자기 내면으로 그리 깊숙이 들어가지 않고도 추악함과 잔혹을 발견할 수 있었다. 그는 포터 씨를 멍청하다고 하고, 온갖 무척추동물에 비교하고, (셰퍼드 씨가 아는 한에서는) 아무 쓸모도 없고 (셰퍼드 씨가 아는 한에서는) 엄청난 골칫거리인 무분별하게 자라는 식물계 일원들에 비교했으며 포터 씨가 얼마나 딱한 녀석인지 일깨웠다(하지만 사실 그건 드리키였다, 그에게 맡겨진 건 포터 씨가 아니었으니까). 그리고 포터 씨는 그 전부를, 잔혹함과 추악함을 조용하고 무심하게 그리고 그것이 호흡 그 자체인 듯 받아들였다. 그리고 셰퍼드 씨는 자신의 추악함을 표출하면서도 조금의 보복도 받지 않는 호사를 승인받았음에도 행복해지지 않았다. 다만 만물의 허무함을 확신하게 되었을 뿐이었다. 새로운 발견과 기쁨으로 이어질 수 있는 사소하고 개인적인 집착, 사랑 그 자체, 누가 혹은 무엇이 그를 만들었는지의 불가해함, 스스로 느끼는 자신의 불가사의함, 공간의 텅 빔과 채워짐, 그가 일요일에만 주머니에 넣어 다니는 이집트산 면으로 된 아름답고 부드러운 흰 손수건, 그의 아내 셰퍼드 선생, 그녀는 그의 아내가 되려고 분투할 필요 없이 그저 그의 아내였고, 자신과 밀접한 세상과 그 세상에 사는 이들에 대한 그녀의 전반적인 못마땅함에는 어떤 완벽함이 깃들어 있어 머나멀고 완전히 낯선 어딘가, 책에서 읽어본 어딘가에서 온 작은 유리 인형 같았고, 그 어딘가에 대해 책을 읽는 것만으로도 개인적 경험이 되었다(그곳은 런던일 것이다). 그리고 포터 씨가 셰퍼드 씨의 잔혹함과 추악함을 조용하거나 무심하게 받아들였을 때, 그 모든 것 ― 잔혹함, 추악함, 조용함, 무심함 ― 은 피부가 되었고, 피부처럼이 아니라 피부가 되었다. 그리고 그의 어머니 엘프리다 로빈슨이 그를 셰퍼드 교장과 선생 부부에게 맡긴 후 바다로 걸어 들어가고 어머니를 그리워하던 그가 그녀가 자신을 알지 못하는 사람들에게 버리고 바다로, 그녀가 알지 못하는 바다로 걸어 들어갔다는 사실을 잊었을 때, 이 모든 것 역시 피부가 되었고, 피부처럼이 아니라 피부 그 자체, 보호해주는 외피, 없이 살아선 안 될 무언가가 되었다. 그리고 포터 씨는 아버지 너새니얼 포터를 몰랐고 그 ― 너새니얼 ― 가 바다가 아낌없이 베푸는 선물을 거두며 느낀 굉장한 기쁨과 아주 많은 아이들을 만들며 느낀 굉장한 기쁨 그리고 그들을 진정으로 사랑하지 않고 그들의 삶에, 좋을 때와 나쁠 때 신경조차 쓰지 않았다는 데서 왔어야 할 슬픔이나 후회의 결여를 몰랐고, 이 모든 것, 너새니얼 포터의 인생과 자기 아이들을 향한 부성애의 부재, 이 모든 것 역시 포터 씨의 피부가 되었고, 피부처럼이 아니라 피부 그 자체, 보호해주는 외피, 없이는 살 수 없는 무언가가 되었다.

그리고 셰퍼드 씨가 포터 씨에게 약간의 친절을 보인 것은 크리스마스 날이었고(그는 크리스마스조차 셰퍼드가(家)에서 보냈다), 셰퍼드 씨는 그에게 작은 잔에 담긴 포트와인을, 대형 식품점 브라이슨앤드선스에서 사 온 달콤한 술을 주었고, 대형 식품점 조지프듀앤드선스에서 사 온 캔에 든 크리스마스 푸딩 한 조각을 주었다. 그리고 그 포트와인은 끔찍했을 것이나 포터 씨는 그 점을 몰랐을 것이다, 그는 비교할 만한 다른 포트와인을 마셔 본 적 없었으니. 그리고 그 크리스마스 푸딩은 끔찍했을 것이나 그때 포터 씨는 그 점을 알 수 없었을 것이고, 여러 해가 지나 내 어머니 애니 빅토리아 리처드슨을 만나고서야 알았을 것이며, 그녀는 여러 가지 맛있는 먹을거리를 만드는 솜씨가 뛰어났으나 전체적으로 보면 그녀는 그의 인생에 괴로움과 악감정을 한층 더했고, 너무 과도하게 더한 나머지 그는 그것을 내게까지 연장했으며, 나는 이 글을 씀으로써 이 모든 일이 어쩌다 이렇게 되었는지 명확히 밝힐 수 있다. 그리고 크리스마스에 베푼 포트와인 한 잔과 캔에 든 크리스마스 푸딩 한 조각의 이 친절은 포터 씨에게 오래가는 감동을 남기지 못했고, 그는 그것을 자기 인생에 끼워 넣지 않았고, 결국 가정을 꾸리게 되었을 때 자기 가정에서 되풀이하지 않았다. 그 이후 포터 씨는 다시는 포트와인을 마시지 않았다. 그리고 그 이후 그는 친절하게 구는 일이 거의 없었는데, 친절하게 굴 때도 그것이 매년 같은 시기는 아니었고 옛 시절의 친숙한 어떤 것도 동반되지 않았다.

그리고 셰퍼드 씨 가정의 이 소년, 취약함 때문에 멸시당하고 (그의 어머니는 그를 버리고 바다라는 차갑고 광활한 묘지를 택했다) 경멸받은(그는 스스로를 보호할 수 없었고, 시키는 일을 하나 더 하기에는 너무 피곤했을 때도 항의할 수 없었다) 이 소년은 셰퍼드 씨가 상당히 돋보이는 사람이라고 생각했고 그는 셰퍼드 씨의 모자와 모자 쓰는 방식을 좋아했고, 그건 무언가의, 대단한 무언가, 어떤 말로도 표현할 수 없이 대단한 무언가의 대미를 장식하는 듯했다. 모자가 셰퍼드 씨라는 사람을 만들었고, 셰퍼드 씨를 볼 때 포터 씨는 생각했다, 저기 모자가 있고 저기 셰퍼드 씨가 있군. 그리고 셰퍼드 씨는 엄밀하게 재단하고 산뜻하게 다림질한 올이 굵은 갈색 리넨 바지 주머니에 그 손수건을 넣어 다녔고, 바지에 흰 포플린 셔츠를 넣어 입었고 셔츠는 아주 희었는데, 그 셔츠를 세탁하는 데는 나흘이 걸렸고 그중 이틀간 셔츠는 뜨거운 햇볕을 받도록 돌무더기 위에 펼쳐져 있었으며 그 일만을 하는, 셰퍼드 씨의 옷만을 담당하는 여자가 줄곧 물로 셔츠를 적셨기 때문이었다. 그리고 셰퍼드 씨의 구두는 갈색 가죽이었고 일주일에 한 번(일요일 저녁) 포터 씨가 구두 전체에 광택제를 발랐고 또 매일 밤 포터 씨가 작은 석유램프의 빛을 받으며 구두를 문질러 광을 냈다. 그리하여 셰퍼드 교장은 셰퍼드 학교의 비뚤어진 소년들을 가르치고 훈육하러 매일 출근했고, 아이들은 너무나 가난하고 너무나 영양부족이라 진득하게 앉아 있지도 못했는데, 배 속은 비어 있고 옷은 때로는 더럽고 때로는 구멍투성이였기 때문이었고, 이 모든 것 때문에 셰퍼드 교장은 그들을 미워했다. 그들의 불운은 저주였고 저주받았다는 것은 증오받아 마땅했다. 셰퍼드 교장도 저주받았다고 판결된 적 있었고 증오받아 마땅하다고 판결된 적 있었지만, 셰퍼드 학교의 아이들 앞에 서 있을 때 혹은 포터 씨 앞에 서 있을 때, 그가 어떻게 그런 일을 기억하겠는가? 사람은 모두 공통점이 너무나 많고 그렇기에 그들은 서로 멸시하며 그렇기에 그들은 기회만 생기면 그 점을 내보인다. 포터 씨는 셰퍼드 씨 주머니의 손수건을 사랑했고 잘 다림질된 바지와 포플린 셔츠와 아름답게 광택 낸 구두(그 일은 줄곧 그만의 책임이었다)를 사랑했고 그 자신도 평생 그리 크게 변형하지 않은 이런 옷차림만을 했다. 그리고 포터 씨는 1922년에 태어났고 1992년에 죽었다.

그리고 포터 씨는 줄이 그어진 채 태어났으니, 그의 출생증명서에는 아버지의 이름이 실리지 않았고 그에게는 언제나 줄이 그어졌다는 말이 따라붙었고, 이는 그에게 아버지가 없다는 뜻, 그의 출생증명서 해당 칸에는 아버지의 이름이 적혀 있지 않고 줄만 그어져 있다는 뜻이었고, 그 줄은 아무도 그의 아버지가 아니라는 뜻이었다. 이 아기, 포터 씨는 엘프리다 로빈슨에게서 태어났다. 그녀는 그의 어머니였다. 그에겐 아버지가 없었다. 하지만 어느 날 어머니 엘프리다와 함께, 작은 손으로 그녀의 크고 더러운 치맛자락을 쥐고는 그녀가 천천히 내딛는 큰 한 발짝에 작은 두 발짝을 떼며 걸어가다가 그들은 고기잡이 통발들과 그물에 둘러싸여 나무 아래 앉아 있는 남자를 지나쳤고 어머니 엘프리다는 그 인물, 나무 아래(그건 타마린드 나무였고, 타마린드 나무는 열대 아시아가 원산지다) 앉은 남자에게 몇 마디 고함을 질렀는데, 그 말들은 다정함이나 호의나 사랑이 담긴 말들이 아니었고, 그 말들은 마치 입이 무기이고 말들은 그 무기에 특별히 맞춰 제작된 탄약인 듯이 어머니의 입에서 나왔고, 그 말들은 고기잡이 통발들과 그물에 둘러싸여 나무 아래 앉은 남자의 뒤통수에서 멈췄고, 그 말들은 그에게 상처를 입혔음이 분명한 것이, 그가 자신에게 내리꽂히는 고통의 근원을 찾기라도 하듯 고개를 돌렸기 때문이다. 그리고 로더릭 포터(내 아버지, 하지만 그때는 아직 내 아버지가 아니었고, 그때는 작은 남자아이에 불과했다)는 자기 아버지의 얼굴을 보았고, 눈 색깔을 보지 않았고, 코 생김새를 보지 않았고, 입술 윤곽을 보지 않았다. 입술의 두께가 어떤지, 너비가 어떤지 보지 않았고, 눈썹 생김새를, 볼 생김새를, 귀 크기를 보지 않았다. 그는 그 남자의 얼굴만을, 그의 아버지였고 그에게 줄이 그어지게 한 남자의 얼굴만을 보았다. 그 얼굴을 그가 어찌나 생생히 기억할 수 있었는지, 눈이나 코나 입이나 귀나 눈썹이나 볼이 아닌 그저 얼굴을, 그리고 고작 두 살이었던 그때, 혹은 고작 세 살이었던 그때, 혹은 네 살 혹은 다섯 살 혹은 여섯 살 혹은 일곱 살이었던 그때, 혹은 서른 살이었던 그때, 혹은 쉰 살이었던 그때, 혹은 일흔 살이었던 그때—그리고 그는 일흔 살에 죽었다—죽기 바로 직전인 그때 그는 아버지의 얼굴을 볼 수 있었다. 그 사람이 그의 아버지였고, 나무 아래(타마린드 나무였다) 앉아 있는 사람이 그의 아버지였고, 아무도 그에게 말해주지는 않았고, 그는 그냥 알았다. 그리고 어머니가 타마린드 나무 아래 앉은 남자를 지나친 이 순간 전까지 그는 한 번도 아버지라는 것에 대한 생각과 자기에겐 아버지가 없다는 생각을 한 적 없었고, 그 순간 그는 그 남자가 자기 아버지라는 것만을 알았다. 뒤돌아보면, 그때와 세 살 때와 네 살 때와 다섯 살 때와 일흔 살 때, 죽기 직전에 어깨 너머를 보면, 어깨 바로 너머로 뒤돌아보면 그는 그 얼굴을 볼 수 있었고 그것은 그 자신의 얼굴, 거울을 들여다보면 보이는 얼굴이었고, 그 자신의 얼굴은 타마린드 나무 아래서나 거울 속에서 그를 마주 보는 얼굴이었다. '쏟아진 우유를 두고 울어봐야 소용없다'라는 말은 그가 어머니 엘프리다 로빈슨이 아버지 너새니얼 포터의 뒤에 대고 모진 말들을 외치고 너새니얼의 얼굴이 드러났던 순간을 생각하면 늘 떠오르는 격언이었고, 그때 엘프리다의 얼굴은 드러나지 않았고 그는 그녀의 얼굴이 어떻게 생겼었는지 기억나지 않았다. 그리고 그는 그 격언을 어디서 들었는지, 왜 그런 말을 했는지 몰랐으나, 아버지와 아버지의 얼굴을 처음 보았던 때를 생각하면 '쏟아진 우유를 두고 울어봐야 소용없다'라는 문장을 이룬 그 단어들이 곧장 떠올랐다. 그리고 우유는 왜 쏟아졌을까, 우유는 몹시 귀하여 포터 씨는 어렸을 때 혹은 평생 동안 우유가 쏟아진 것을 한 번도 본 적 없었고, 일부를 쏟을 수도 있을 정도로 많은 양의 우유를, 게다가 그 광경을 두고 격언이 생길 만하게 쏟아진 모습을 한 번도 본 적 없었다. 우유는 쏟아지면, 못 쓰게 된다. 그리고 로더릭 포터는 태어난 순간부터 죽는 날까지 운 적 있었지만 포터 씨 자신은 절대 울지 않았는데, 로더릭 포터가 울어도 누구도 전혀 신경 쓰지 않았고, 다들 로더릭 포터에게 조용히 하라고 했으며 사람들은 때로는 이를 온화한 어조로 말했고 때로는 그 말의 어조가 모질었기 때문이다.

포터 씨 자체를 줄이 가로질렀다. 내 손에 들린 서류에는 그의 출생일, 어머니의 이름(엘프리다 로빈슨), 어머니가 그를 육체적으로 세상에 나오게 하는 데 도움을 준 조산사의 이름이 나와 있고, 아버지의 이름 너새니얼 포터가 있어야 할 자리에는 줄이 그어진 빈칸이 있다. 그리고 내 손에 들린 서류에는 내 출생일(1949년 5월 25일), 태어났을 때 내게 붙은 이름(일레인 신시아), 어머니의 이름(애니 리처드슨), 어머니가 나를 세상에 나오게 하는 데 육체적인 도움을 받은 장소의 이름(홀버턴 병원)이 나와 있고, 내 아버지의 이름이 있어야 할 자리에는 줄이 그어진 빈칸이 있고, 거기 있어야 할 이름은 로더릭 너새니얼 포터이니, 포터 씨는 내 아버지였기 때문이다. 내 아버지의 이름은 로더릭 너새니얼 포터였다. 그리고 포터 씨에게 그어졌고 또 그가 나에게 준 이 줄을 나는 아무에게도 주지 않았고, 나는 아무에게도 양도하지 않았고, 나는 그것을 끝냈고, 나는 그것을 내게서 멎게 했으니, 나는 읽을 수 있고 나는 이제 쓸 수 있고 나는 지금 글로써 이렇게 말하기 때문이다. 아버지 이름이 있어야 할 자리에 그어진 이 줄은 끝났다고, 포터 씨에게서 나에게로, 그 뒤로는 누구도 아버지 이름이 있어야 할 자리에 줄이 그어지게 하지 않을 거라고, 그리고 그를 지나 나를 거쳐, 그 뒤로는 모두가 아버지와 어머니를 가질 것이며 그리하여 인생이라는 불행의 거대한 가마솥과 기쁨의 작은 잔을 두 배로 물려받게 할 거라고.

그리고 "그에겐 줄이 그어졌어"는 내 어머니가(그녀의 이름은 애니 리처드슨이었다) 누군가에게, 아마 어머니 친구에게 하는 말을 내가 들은 것이었고, 그 말을 맨 처음 들은 때를 나는 알지 못하고 말하자면 기억하지 못하는데, 하지만 설명할 길 없는 방식으로 나는 그녀가 내 아버지, 그러니까 포터 씨 얘기를 하고 있음을 알았고, 그녀가 "그에겐 줄이 그어졌어"라고 말했을 때 그건 좋은 게 아니었고, 나는 그녀가 "그에겐 줄이 그어졌어"라는 말을 저주로서 했다는 것을, 그가 나쁜 사람이고 그에 더해 그에게는 망조가 들었다는 의미였다는 것을 알았다. 그때 나는 무엇이 사람에게 망조가 들게 하는지 몰랐고, 지금도, 무엇이 사람에게 망조가 들게 하는지 모른다. 포터 씨는 1922년에 태어났고 1992년 70세의 나이로 죽었다. 사람은 모두 태어나고 언젠가는 죽으며 이는, 이 태어남과 죽음은 세상사의 자연스러운 이치로 보이겠지만, 포터 씨가 죽었을 때 그의 죽음은 마땅한 듯 여겨졌고, 그의 죽음은 처벌인 것 같았고, 그의 죽음은 그것을 애타게 기다린 이들에게 감사함으로 받아들여졌는데, 그에겐 줄이 그어져 있었고 그에겐 그 줄을 지울 방법이 없었으며, 그는 자기를 가로지른 이 줄이 존재한다는 것조차 몰랐기 때문이다.

그리고 엘프리다 로빈슨은 바다로 걸어 들어갔고 너새니얼 포터가 죽었을 때 그는 온몸의 감각과 분리되었는데, 그는 볼 수도, 들을 수도, 냄새 맡을 수도, 맛볼 수도, 발밑에서 언제나 확고하게 움직이는 지구를 느낄 수도 없었기 때문이다. 그리고 포터 씨는 그를 가로지른 줄 하나 외에는 아무것도 없이 세상에 홀로 남았고 그의 앞에는 아무것도 없이 오직 셰퍼드 씨, 세상에서 그가 확실히 격하당하도록 감독을 맡은 남자뿐이었고, 셰퍼드 씨는 비뚤어진 소년들이 다니는 학교의 교장이었으며, 비뚤어진 소년들에게는 모두 줄이 그어져 있었다. 그리고 셰퍼드 씨의 이름은 루엘린이었고 셰퍼드 부인의 이름은 도린이었고 모두 남자아이인 그들의 자식들 출생증명서에는 두 이름이 모두 실렸고, 아이들의 이름은 허레이쇼와 로드니와 존과 프랜시스였고 이 이름들이 실패하자 그들은 매슈와 마크와 루크와 존(이번에 존은 노예무역상이 아닌 예수의 제자였다)이라고 다시 이름 붙여졌고,* 이 소년들, 루엘린과 도린이라는 이름의 부모가 있고 따라서 줄이 그어지지 않은 이 소년들은 모두 죽었다. 그리고 그들은 두 살이 되자마자 죽기도 했고 열두 살이 되기 직전 죽기도 했고 태어나기 직전에 죽기도 했다. 그리고 줄이 그어진 비뚤어진 소년들은 수적으로도 쑥쑥 늘고 개별적으로도 쑥쑥 자랐고, 그들은 비뚤어진 어른으로 자라 아이들을 잔뜩 두었고, 그들의 아이들은 모두 줄이 그어졌다. 그리고 셰퍼드 씨는 자기 자신, 루엘린이 아내 도린과의 사이에서 둔 아이들이 때로는 죽기 전에 괴로워하다가, 또 때로는 전혀 괴로움 없이, 살았다는 사실조차 알지 못한 채 죽는 것을 지켜보았다. 그리고 셰퍼드 씨는 자기 아이들이, 줄이 그어지지 않고 태어난 소년들이 전부 죽는 것을 지켜보았고, 또 그가 교장으로 있는 학교에 다녔던 비뚤어진 소년들이 전부 힘차게 자라는 것을 지켜보았고 그들이 때로는 어찌나 힘차게 자랐는지 훗날 길 건너편에서 그들을 보고 알아보는 일도 있었는데, 그들 중 몇몇은 왕립 교도소에 들어갔고 셰퍼드 학교와 왕립 교도소 사이에는 흙길 하나뿐이었기 때문이다. 그리고 포터 씨 역시 셰퍼드 씨가 지켜보는 가운데 튼튼하게 자랐고 그는 강인한 소년으로 또 강인한 남자로 자랐고 셰퍼드 씨는 그를 좋아하지 않았고 그를 사랑하지 않았으며 셰퍼드 부인은 그의 존재가 거의 안중에도 없었고, 이는 어떤 필요를 채우기 위해, 예컨대 그녀의 목마름을 해

---

*   허레이쇼, 로드니, 존, 프랜시스는 각각 허레이쇼 넬슨, 조지 브리지스 로드니, 존 호킨스, 프랜시스 드레이크에서 따온 이름으로 보이며, 이들은 모두 영국의 해상 영웅으로 추앙받는 인물들인 동시에 식민주의와 제국주의 확장에 기여했다. 한편 매슈, 마크, 루크, 존은 예수의 제자이자 복음서의 저자인 마태오, 마르코, 루가, 요한의 영어식 이름이다.

소해줄 물 한 잔을 가져오라고 그에게 심부름을 시킬 때조차 마찬가지였다. 그리고 셰퍼드 씨는 포터 씨에게(그때 그는 드리키였고 셰퍼드 씨는 절대 그를 포터 씨라고 부르지 않았다) 그의 죽은 아이들, 단 한 명도 열두 살을 넘기지 못한 모든 남자아이에게 물려주지 못한 것을 전부 물려주었고, 그는 포터 씨에게 취약하고 연약하고 곤궁하고 길 잃고 고통받는 모든 것을 향한 경멸을 사랑하는 마음을 물려주었고, 그는 포터 씨에게 자기애와 잘 차려입고 사람들 앞에 나서는 것, 즉 근사하게 다림질한 깨끗한 바지, 근사하게 다림질한 깨끗한 셔츠, 타이, 광낸 구두 그리고 포터 씨를 보는 사람마다 그가 언제나 기분 좋아 보인다고 여기게 한 방식으로 쓴 모자를 차려입는 것에 대한 사랑을 물려주었다. 그리고 내가 연약하고 취약하며 아직 사람조차 아니었을 때, 어머니 배 속에서 고작 7개월 되었을 때 포터 씨는 처음 나를 버렸다. 나는 1949년에 태어났고 나는 그의 얼굴을 영영 몰랐다.

셰퍼드 씨의 가정에서 나와, 안개 속에서나 아지랑이 속에서나 그림자 속에서가 아닌, 다만 셰퍼드 씨의 가정에서 나와, 그리고 더 이상 소년은 아니지만 아직 어른은 아닌 그 시기에 나와 포터 씨는 슐 씨의 인생으로 걸어 들어갔고, 슐 씨의 인생, 모든 개별적 존재가 그렇듯 매우 차분하게 연약하던 그 인생은 그때 슐 씨가 알던 세상이 별안간 불타오르며 무너짐에 따라 생생히 집어삼켜지고 있었다. 우리가 아는 세상은 가끔 그럴 것이다, 악한 행위에 의해 일어난 불길에 집어삼켜져 무너질 것이다. 우리가 아는 세상은 그 자신의 확실성들을, 그 견실함을 갑자기 바꿀 것이고, 갑자기 우리에게 끝없는 파란 하늘을 배경으로 빠르게 흘러가는 구름들, 혹은 녹아서 액체가 되기 전 우리 발밑의 단단한 대지를 되새기게 할 것이다. 오, 슐 씨가 기억할 수 있는 척박한 언덕들은 억지로 올리브나무들과 포도 덩굴들을 떠받쳐야 했고, 결국 언덕들은 기꺼이 척박하기를 그만두어 올리브나무들은 기름이 나오는 열매를 많이 맺었고 포도 덩굴들은 포도주와 식초가 나오는 열매를 많이 맺었으며, 이제 척박한 언덕들은 올리브나무와 포도 덩굴이 가득하여(슐 씨는 그렇게 기억하고 있었으므로) 녹색 골짜기를 이루며 내려왔고 녹색 골짜기에는 양들이 가득했고 양들은 뿔이 있었고 뿔은 좋았고 뿔은 다만 좋을 뿐이었다. 그리고 슐 씨는 마음의 눈으로(그것은 그의 기억일 것이다) 소년인 자신을 볼 수 있었고, 소년은 언덕과 골짜기를 걸어갔고(하지만 그는 먼 거리를 걸어가는 그런 일은 절대 하지 않았다) 언덕 꼭대기에서 그는 몸을 쭉 뻗고 입술을 오므려 하늘에 입 맞출 수 있었고 그런 다음 골짜기로 걸어 내려오면 골짜기는 결국 바다로 이어졌는데 바다는 죽은 것이 아니었고, 다만 몹시 잔잔하여 파도와 잔물결로 오르내리지 않았을 뿐이고, 골짜기 바닥에 도달해 잔잔한 바다를 마주하면, 손을 흔드는 것만으로 그는 이 잔잔한 바다의 잔잔한 물을 따라 아름다운 잔물결이 연이어 늘어서게 할 수 있었다(그리고 이 역시 그의 기억이었다). 그리고 이 잔잔한 바닷속에는 물고기가 살지 않아 수면을 뚫고 나올 수 없었고 이 잔잔한 바다 수면 바로 위에는 새가 맴돌지 않았다. 그리고 슐 씨는 마음의 눈으로 어린아이였던 자신을 볼 수 있었고(그는 작은 소년이었다) 아이는 반바지 차림이었다가 긴바지 차림이었고, 반팔 셔츠 차림이었다가 긴팔 셔츠 차림이었다. 그리고 그의 피부는 억지로 올리브나무와 포도 덩굴을 떠받치기 전의 척박한 언덕 색이었고, 팔은 팔 길이였고 다리도 그랬고 머리는 타고난 곱슬머리였다.

그리고 전혀 되돌아가지 않고도, 과거가 그의 뒤로 펼쳐지게 하지 않고도 마음속으로 고개를 돌려 그는 볼 수 있으니, 그런 식으로가 아니라, 전혀 그런 식으로가 아니라 이런 식으로, 한쪽 눈가를 스치는 날카롭게 번쩍이는 빛을 통해서 볼 수 있었다(그것은 기억일 것이며, 추억일 것이다). 그의 아버지, 그 자신도 두툼한 살집 뭉치인 그는 두툼하게 말린 천 뭉치들에 둘러싸여 있는데, 그것은 비단, 전설적인 곳들(중국이었다, 하지만 중국은 너무나 멀어서 여러 장소들로 이루어진 곳 같았다)에서 온 비단이었고 그처럼 비단결 같은 비단에 비견할 수 있는 건 장미 꽃잎뿐이었다. 그리고 이제는 장미, 그의 어머니는 장미를 좋아했고, 장미는 때로는 다마스쿠스에서 왔고, 장미는 항상 다마스쿠스에서 왔고(하지만 어떻게 그럴 수 있었을까?), 어머니의 팔은 통통하고 팔꿈치 근처가 옴폭 파였고 다리는 통통하고 무릎 오금 근처가 옴폭 파였고 뺨은 통통했고 짧고 숱 많은 머리카락이 눈 바로 위에서 반원을 이뤘고 그녀는 대추야자와 무화과를 먹었는데 그것들은 으레 순수 크리스털로 된 유리그릇에 쌓여 그녀 바로 앞에 놓여 있었고 그녀는 창밖을 내다보고 아무것도 아닌 일에 웃었고 (하지만 그가 그걸 어떻게 알았는가, 슐 씨는 그때 어린애에 불과했는데) 십자말풀이에 푹 빠져 있었다. 그 속의 말들은 분노의 땅에 거하는 말들이 아니었고, 그저 짜증이라는 호사를 표하는 말들이었고, 실제로 그녀를 향한 말들이 아니었고 악의적인 행위들에 얽혀 있는 말들이었으나 그 행위들은 실제로 그녀에게 가해진 것은 아니었고, 오래전에 시작된 온갖 해묵은 증오들에 얽혀 있는 말들이었으나 그것은 그녀가 휘말리게 되리라고는 누구도 상상조차 할 수 없었던 오래전이었다. "슐 씨." 포터 씨는 말했지만, 슐 씨에게는 그 말이 전혀 들리지 않았으니 그는 마음의 눈으로 어머니를 볼 수 있었고 그녀는 다마스쿠스 쪽으로 가다가, 다마스쿠스 자체로 가는 길 위에서가 아니라 그저 다마스쿠스 쪽으로 가다가 죽었고, 어쩌면 장미를 가지러, 어쩌면 다른 뭔가를 가지러 가는 길이었고, 그에겐 어머니가 떠나기 전 했던 마지막 말이 거의 들릴 듯했으나 또 정말로 그런 것은, 정말로 들리는 것은 결코 아니었으니, 그는 마음의 눈 속에 있었고 마음의 눈은 거의 그럴 법함의 땅이고 마음의 눈의 지형은 거의 그럴 법함이며, 그 대기를 이루는 것은 거의 그럴 법함, 흡사 그러함, 마치 그러함, 근접함, 거의 그럴 법함이며 마음의 눈의 현실은 거의 그럴 법함이기 때문이었다!

그리고 슐 씨의 아버지는 아내가 죽은 뒤 하던 대로 계속했다. 아내가 죽은 후 그는 계속해서 장미 꽃잎에만 비견할 수 있는 두툼한 비단 두루마리들과 카펫 더미들 틈바구니에 있었는데, 그 카펫은 동물의 등에서 뽑은 섬유로 짜고 매우 귀한 염료로 염색한 것이었으며 그 한 장 한 장을 보는 건 보는 이가 상상한 적 없던 어떤 새로운 세상을 보는 것과 같았다. 슐 씨의 아버지는 아내가 죽은 뒤에도 하던 대로 계속해, 금과 은팔찌들을 곁에 두었는데, 어떤 것들은 따로 작은 벨벳 상자에 담겨 있었고, 또 어떤 것들은 뒤섞여서 서랍에 들어 있었다. 귀걸이들 역시 그가 가까이한 물건이었고, 온갖 종류의 자잘한 장신구도 마찬가지였으며, 그중 무엇도 필수적이지 않았고, 무엇도 꼭 필요하지 않았다. 그는 무역업자였고 처음에 다뤘던 것들은 꼭 필요한 물건들, 냄비와 팬과 주석으로 만들어 유약을 칠한 컵 그리고 천이었다. 면이었고, 마드라스였고, 샴브레이였고, 포플린이었고, 도티드 스위스였고, 시어서커였다. 그리고 필수품을 거래하는 것, 없어선 안 될 물건을 거래하는 것은 수익성 있는 사업이었다. 하지만 그보다 더 흥하는 거래 품목은 인생을 더 아름답게 해주겠다고 약속하는 것들, 혹은 인생을 더 가치 있게 해주겠다고 약속하는 것들, 하지만 물론 그 어느 쪽도 할 수 없는, 인생을 더 혹은 덜 아름답게 하지도, 인생을 더 혹은 덜 가치 있게 하지도 못하는 것들이었다. 그리고 슐 씨의 아버지는 그만의 작은 무역 왕국 안에서 ─ 실로 그것은 작은 무역 왕국이었다 ─ 줄줄이 늘어선 눈부신 빛과 색채에, 루비의 빨간색, 에메랄드의 초록색 그리고 다이아몬드의 차가우면서도 뜨거운 빛, 사파이어의 파란색에 뒤섞이고 둘러싸여 있었다. 이 모든 것이 넘쳐났고, 이 모든 것은 사는 데 필수품이 아니었지만, 필수적이지 않은 것에 무분별한 열정으로 몸을 던지는 것이 세상 돌아가는 방식이다. 그리고 거기엔 언제나, 자기 뜻이 너무 자주 꺾인 것 같아 불안한 어린아이의 분노가 실린다.

그러다가 슐 씨의 아버지도 죽었는데, 다마스쿠스로 가는 길이나 다마스쿠스 쪽으로 가는 길 위에서가 아닌, 자기 거처, 자기 집 즉 거래소의 문턱을 넘다가였다. 집이나 거래소나 마찬가지였다. 그는 양쪽 모두에 거주했고, 그는 예상치 못할 때 죽었는데, 죽음의 방식은 그렇게 언제나 너무도 불가피하고 언제나 너무도 예상 밖이기에 그러했고, 슐 씨의 세상은 중심부터 산산이 부서졌고, 이 부서짐은 그의 어머니가 즐겨 먹던 대추야자와 무화과가 들어 있던 크리스털 유리그릇이 산산조각 나는 것과 비슷했는데, 그의 세상이 그에게 소중했기 때문이었다. 하지만 다른 사람에게, 슐 씨를 사랑하지 않고 그의 연약한 존재(그는 인간이었고 따라서, 그렇기에 그의 존재는 연약했고 보호받을 자격이 있었다)를 받아들일 생각이 없는 이에게 그의 세상이 산산조각 난 것은 내용물이라고는 침전물밖에 없는 오래된 병이 깨진 거나 마찬가지였다.

"에, 에, 슐 씨"라고 포터 씨는 말하고 있었고, 포터 씨가 거의 그럴 법함의 인생을, 그가 만나는 모두의 마음의 눈의 인생을 방해하게 될 거라는 뜻은 아니었고, 마찬가지로 그가 만나는 모두가 그 자신의 놀랍고(그에게 그렇다는 것이다) 당혹스러운(그에게 그렇다는 것이다) 내면의 풍경을, 그의 마음의 눈에 남겨진 광경을 거듭하여 방해하게 되리라는 뜻도 아니었으며, 그 마음의 눈은 거의 그럴 법함, 흡사 그러함, 마치 그러함, 근접함, 그러니까 거의 그럴 법함이었다. 그리고 포터 씨가 슐 씨에게 그렇게 말했을 때 슐 씨에게는 그 말이 들리지 않았는데 그는 그의 세상이 흔들리다가 돌이킬 수 없이 산산조각 나는 장면을 한창 보고(거의 보는 듯하고) 듣는(거의 듣는 듯한) 중이었기 때문이고 그는 그 모든 것에서 아예 벗어나고 싶었으나, 기쁨을 주는 것들의 냄새와 소리와 장면이, 동쪽 하늘 한가운데서 가벼운 눈이 내리는 장면이 있었고, 눈은 너무나 예상치 못한 것이었고 그 눈은 몹시 기적적이었으며 너무나 기적적이었으나, 기적은 없었고, 인생이 내놓을 여러 종말들에서 누군가를 구원할 수 있는 것은 아무것도 없었고, 그 종말은 슐 씨의 세상이었다. 그것은 그가 태어났을 때 시작되었고 그가 아주 팔팔하게 살아 있을 때 죽었다. 누가 그런 일을 각오했겠는가? 그런 일을 각오하는 사람은 아무도 없다! 하지만 바로 그때, 바로 그때, 포터 씨가 "에, 에, 슐 씨"라고 말했을 때 슐 씨의 마음의 눈의 세상(거의 그럴 법함의 세상)은 그의 주변을 눈송이처럼(그는 그런 것을 기억했다) 소용돌이쳤고, 마당의 치우지 않은 마른 쓰레기 부스러기처럼(포터 씨는 그런 것에 익숙했다) 소용돌이쳤고, 그러면서 슐 씨는 단기 체류자, 이민자, 진정한 집이 없는 사람의 세상에 들어섰고, 그는 배를 타고 있었고 배들은 요동치며 대양과 바다들을 떠돌았는데 배 안에서 그의 몸이 요동치자 위장이 기관을 타고 솟구쳐 올라 콧구멍으로 나왔다가 배가 대양과 바다들에 정박하듯이 도로 내려앉았고, 그런 후 그는 육지에 정박했고 이는 수리남에서였다. 하지만 수리남은 편안하지 않았다. 거기서는 네덜란드어를 썼고 네덜란드어는 슐 씨에게 무척 난폭하게 들렸는데 너무 정확한 언어이기 때문이었다. 사람들은 항상 생각한 그대로를 말하는군, 슐 씨는 그렇게 생각했고, 그는 네덜란드어나 그 언어를 말하는 사람들이 전혀 마음에 들지 않았고, 그래서 영국령 기아나로 옮겨 갔으나 거기도 마음에 들지 않기는 마찬가지였고, 다음으로 그는 트리니다드로 옮겨 갔으나 트리니다드에는 그 같은 사람들, 레바논이나 다마스쿠스나 시리아에서 온 사람들이 너무 많았고, 다들 필수품을, 냄비며 팬이며 대야며 주석으로 만들어 흰 유약을 칠한 컵 따위를 팔고 있었고, 그래서 그는 그곳을 떠나 마침내 앤티가에 왔고, 거기서 쉬고 쉬고 또 쉬었다. 그는 포터 씨와 포터 씨를 닮은 사람들을 발견했고, 포터 씨와 포터 씨를 닮은 이 사람들은 무척이나 만족스러워서, 오직 장미 꽃잎에만 비견할 수 있는 비단 두루마리를 향한 갈망과, 금이나 은팔찌와 귀걸이와 보석 박힌 반지에 둘러싸이고 싶은 갈망을 그에게서 지워주었다. 이기고 붙잡아서 잠잠히 만들기에 포터 씨는 모든 것, 세상의 모든 것, 세상이 담을 수 있는 모든 것이었다.

"포터, 내 자네에게 말하지", 슐 씨는 말했고, 슐 씨는 가슴에 십자가를 그었고, 포터 씨는 그것이 보기 좋지 않았다. 자기 몸을 십자로로 만드는 사람, 자기 몸에 악마와의 만남의 장소를 만드는 사람, 자신을 자기 영혼이 거래되는 만남의 장소로 만드는 사람, 그것도 얼굴에 심각한 표정 없이, 포터 씨는 그렇게 생각했다, 자신의 몸을 갈라 십자로로 만들듯, 자신을 희생물로 내놓고 그것으로 거래를 하려는 듯 슐 씨가 자기 몸에 십자가를 긋는 모습을 보았을 때 말이다. 그리고 포터 씨는 발밑의 땅, 자기 앞의 땅을 내려다보았고, 이는 세상이(그리고 세상은 그가 손댈 수 있는 모든 것이었고 세상은 그가 아무것도 만들어낼 수 없는 모든 것이었다) 새롭고 따라서 이해할 수 없을 때, 혹은 세상을 완벽하게 이해했지만 그 이해의 결과가 그가 행복이라 부를 수 있는 무언가, 말로 다 할 수 없는 행복이 전혀 아닐 때 늘 하는 행동이었다. 그리고 그는 발밑의 땅과 자기 앞의 땅을 내려다보았고 땅 그 자체는 얇은 아스팔트층에 덮여 있었고 아스팔트는 트리니다드에 있는, 물이 아닌 역청이 고인 호수에서 왔으며 땅에는 슐 씨의 그림자가 크게 두드러져, 몹시 두드러져 포터 씨의 시야를 전부 차지했다. 그리고 바로 그때 포터 씨는 혼자 생각하고 있었고, 슐 씨 역시 혼자 생각하고 있었으나, 다음은 슐 씨가 생각하던 내용이다(포터 씨는 언제나 언제까지나 혼자 생각하고 있을 것이다, 이것은 그의 이야기이므로).

슐 씨의 그림자가 있었고, 이 슐 씨는 레바논의 소년이었고 그의 어머니는 다마스쿠스 쪽으로 향하던 길에서 혹은 그 도시에서 돌아오던 길에서 죽었고, 아버지는 문지방 위에서 죽었다. 비스듬하고 납작하게 아스팔트에 깔려 포터 씨의 시야를 가득 채운 그의 그림자가 있었다. 그리고 슐 씨는 "포터"라고 말했고, 그는 포터 씨 이름의 o를 마치 a와 h가 결합된 것처럼 들리게 했고 포터 씨 이름의 e와 r을 a와 h가 결합된 것처럼 들리게 하여, 슐 씨의 입에서 튀어나오는 자기 이름을 처음 들었을 때 포터 씨는 포터, 포터 씨라는 자기 이름을 통해 알고 있는 자신을 인식하지 못했는데, 그건 슐 씨의 입에서 나온 말이 "포터"가 아닌 "파타"였기 때문이었고, 포터 씨의 이름을 그에게 익숙한 방식으로 말할 수 없었기에 슐 씨는 포터 씨에게 낯선 사람이었다.

"에, 에, 포터, 내 자네에게 말하지", 슐 씨는 말했고, 이 몇 단어는 때로 인사말, 환영 인사, 애정 표현, 그리고 그들이 둘 다 살고 있는 세상에 대한, 일반적인 세상에 대한, 포터 씨와, 슐 씨가 고용한 그의 동료 택시 운전사들에 대한, 특히 포터 씨에 대한 불만의 표현 역할을 했다. 그리고 해의 열기는 처음부터 가차 없었고 빛 역시 가차 없어, 슐 씨에게는 거의 레바논의 베이루트 혹은 그 근처 어딘가에서 그랬던 것만큼이나 가차 없었고, 슐 씨는 더 이상 자연적이거나 인위적인 하루의 사건들을 수동적으로 받아들이는 소년이 아니었다. 그는 그때그때 기분에 따라 해의 열기가 기분 좋다거나 기분 나쁘다고 느꼈고, 그는 포터 씨 앞에 서 있었고 포터 씨의 그림자가 두 사람 사이에 드리웠고 그 자신의 그림자가 포터 씨의 그림자에 드리워 그들은 그림자로 하나였다. 그리고 슐 씨는 그의 여러 차들을 모는 다른 운전사들과도 하나였고 그들의 이름은 마틴 씨와 페이비언 씨와 헥터 씨였고, 슐 씨는 그들에 대해 아무런 생각이 없었는데, 버트 씨만은 예외여서 그는 버트 씨를 좋아했고, 거기에는 이렇다 할 이유, 떠올릴 수 있는 이유는 없었으나, 다만 그가 체코슬로바키아에서 온 의사 이름이 기억나지 않았을 때―바이첸거 박사였다―버트 씨가 바이첸거 박사임을 알았던 적이 한 번 있었다. 버트 씨는 그것을 알았고 그것만을 알았고 그 이상은 아무것도 몰랐고, 슐 씨가 아는 한에서는 그랬다. 그리고 슐 씨는 그의 여러 차들을 모는 운전사들 모두와 하나였으나 오직 그림자 속에서만 그는 그렇게 그들과 하나였다. 그리고 그림자 속에서는 또한 포터 씨의 어머니 엘프리다가 언제까지나 영원히 바다로 걸어 들어가고 아버지 너새니얼이 언제까지나 영원히 신을 저주하고, 슐 씨의 어머니가 다마스쿠스로

가는 길 혹은 다마스쿠스를 떠나는 길 위에서 거듭하고 거듭하여 죽어가고 아버지가 영원한 시간 속으로 쓰러짐을 되풀이하며 이는 멈추지 않을 것이다. 그리고 그 모든 그림자들에 대해, 그림자 속에 모였고 그때도 그림자 속에 계속해서 모여들고 있던 그 모든 과거들에 대해 그들은 말할 수 없었는데, 그림자들이 점점 짙어지고 있기 때문이었고, 포터 씨와 슐 씨는 결코 그것들에 대해, 자신들의 그림자들에 대해 말할 수 없었다. 세상은 그들이 그러도록, 그들이 살아가는 그림자들에 대해 말하도록 허락하지 않을 것이며, 그러도록 허락하기 전에 세상은 먼저 흔들리다가 부서져 수백만 조각의 다른 것이 되고 말 것이다.

그리고 슐 씨는 "에, 에, 포터, 내 자네에게 말하지"라 했고, 그때 그의 얼굴은 젊었으나 잠시 동안(1년)만이었고, 혹은 오랫동안(365일)만이었다. 그리고 포터 씨의 얼굴 자체는 짧든 길든 시간의 흐름에 무심했다. 그리고 슐 씨의 얼굴을 덮은 피부는 늘어졌다가 피가 몰려 두껍게 붉어졌고, 피부에 있는 작은 정맥들은 그의 감정 기복, 그의 많은 고생을 그가 원치 않을 때도 정확하게 반영하곤 했다. 그리고 그는 그러길 원치 않을 때가 많았다. 그리고 그 무렵 슐 씨의 어린 날의 모든 기억은 대부분 그의 뺨과 팔과 복부와 허벅지에 들어찬 살집에 간직되어 있었고 그의 몸의 이 부위들, 그 통통함은 번영의 증거, 슐 씨의 번영의 증거로 보일 수 있었으나, 그의 살집이 가장 두둑해진 것은 바로 그의 인생이 가장 격하게 요동치던 순간들, 그의 인생에 풍족함이 가득하던 바로 그때와 그의 인생에 결핍이 가득하던 바로 그때였고, 그에 개의치 않고 미소가 슐 씨의 얼굴을 덮었으며 미소는 변함없이, 그가 포터 씨를 만나기 전까지 그의 얼굴 전체를 덮고 있었고, 그가 보기에 포터 씨는 텅 비고 중요성 없는 사람이었으며, 슐 씨 그 자신이 스스로에 대해 느끼는 감정도 바로 그랬다. 그리고 어찌하여 세상은 이리저리 요동치며 돌아가고, 하나에서 다른 것으로 그토록 극적으로 변하며, 하나에서 다른 것으로 서서히 변하지 않는가, 그러나 하나와 다른 것은 똑같았고, 그리고 하나와 다른 것은 완전히 반대였고, 이는 슐 씨에게 대단한 고통을 안겼는데, 그는 기억할 수 있었기 때문이다. 그리고 포터 씨는 세상의 격동에 얼마나 무심한가, 그 역시 기억을 지니고 있기 때문이었고, 그것은 인간의 실존에 너무도 필수적이었다. 그러나 포터 씨는 세상의 격동에 얼마나 무심한가. 그는 세상의 온갖 격동에 대한 자신의 중요성을 상상하거나 알 수 없었고, 비단과 보석과 목화밭과 사탕수수밭과 쫓겨남과 평범한 사람들이 쫓겨나야 했던 장소들을 향한 그리움과 대도시들의 번성하는 중심지들과 마을들의 평화로운 윤곽과 그 평화로운 마을들의 젊은 여자들의 실망과 그 평화로운 마을들의 젊은 남자들의 분노와 그 평화로운 마을들에 살던 어머니들의 목소리에서 처음 나오고 이어 눈에서 나오던 비명 섞인 눈물과 그 평화로운 마을들에 살던 아버지들의 끔찍한 행위들을 숭배하겠다는 죄 많은 결단으로 이루어진 세상에 자신이 얼마나 필요한지 상상하거나 알 수 없었다. 그리고 포터 씨는 격동의 기미를 눈치채지 못했다. 비단, 보석, 목화밭, 사탕수수밭 그리고 멀리 떨어진 권력의 중심지들에 있는 이들이 저지르는 폭력 때문에 평화를 누리는 권력의 중심지들과 마을들도.

그리고 그날, 해는 평소와 같은 자리, 하늘 높이 한가운데 떠 있었고, 평소처럼 가차 없이 환히, 그림자조차 창백해지도록, 그림자조차 쉴 곳을 찾도록 빛났다. 그날 해는 평소와 같은 자리, 하늘 높이 한가운데 떠 있었으나 포터 씨는 이에 주목하지 않았으니, 그는 해가 평소와 같은 자리, 하늘 높이 한가운데 떠 있는 데 너무나 익숙했기 때문이었다. 그때 포터 씨는 얼마나 젊었던가, 해가 평소와 같은 자리에 떠 있던 그날, 해가 평소와 같은 자리, 무척이나 하늘 높이 뜬 채 닿는 것마다 빛을 아예 몰랐다면 하는 바람이 들게 할 정도로 가차 없이 빛났던 그 모든 날에. 그때 포터 씨는 얼마나 젊었고 또 맵시 있게 걸었던가, 그는 걸음마다 뒤꿈치부터 힘주어 디뎠다가 발볼로 옮겨가며 앞으로 앞으로 목적지를 향해 나아갔고 그 목적지는 차고일 때도 있었고 그가 사랑하는 여러 여자들이 사는 집들일 때도 있었다. 사랑, 사랑, 그것은 무엇이었나, 그리고 사랑과 그가 찾아가는 여러 여자들 모두에 관해 포터 씨가 했을 법한 말은 "나 경고해"("그러지 말라고 경고해두겠어")였고 그 여자들은 작은 방 하나로 된 집들에 살았고 이 집들은 창문 네 개와 문 두 개와 아연도금된 양철 지붕이 있었는데, 이 지붕에 비가 내리면 무척 아름다운 소리가 났고, 이는 사랑하거나 꿈꾸거나 노래하거나 생각하거나 먹거나 한 번 더 사랑하기에 완벽한 음악이었으나, 해가 언제나 평소와 같은 자리에 있었으므로 비가 오는 일은 결코 없었다. 그리고 포터 씨는 젊은이였고, 무척 젊었기에 심하게 곱슬곱슬하고 말 안 듣는 머리카락을 머리에 착 붙게 할 수 있었고, 그의 셔츠는 방 한 칸짜리 집에 사는 여러 여자들 중 하나의 손에 의해 언제나 깔끔하게 세탁되고 다림질되었고, 이 여자들은 모두 그의 아이 중 하나의 어머니였고 이 아이들은 모두 여자아이였으나 그중 누구도 나는 아니었다. 나는 아직 태어나기 전이었고, 내 어머니는 그녀 인생이 나아갈 방향을 두고 부친과 여러 차례 격하게 다툰 뒤 도미니카를 막 떠나는 중이었고, 아직 포터라는 이름을 가진 이는 누구도 알지 못했으니, 그녀의 첫아이, 그녀의 유일한 딸의 존재는 상상도 할 수 없었다. 그리고 포터 씨는 많은 여자를 알았고 잠시 동안 그들과 함께 침대에 누워 있곤 했고, 때로는 밤새도록 있었고 때로는 그들과 함께 한 침대에서 잠이 들기도 했는데, 이 모든 일은 밤에, 어두운 밤에, 이 많은 다른 여자들이 사는 방 한 칸짜리 집 안에서 일어났다. 그리고 이 여자들은 그의 아이를 가졌고, 모두 여자아이였고, 모두 그의 친딸, 그의 소생이었으며, 그들은 모두, 이 딸들은 모두 짐 덩이였고, 어떤 식으로든 부양이 필요했다. 먹을 것, 입을 것, 그러고는 교과서, 그리고 무엇보다도 그의 사랑, 그런데 어째서 무엇보다도 그의 사랑인가, 왜 사랑 같은 것이 포함되는가? 그들은 차례차례 그의 앞에 나타나 이런저런 것을 요구했고, 때로는 슐 씨의 차고 바로 밖 그의 대기 장소에서, 때로는 배에서 내리는 승객을 기다리는 부두에서 그의 앞에 나타났으며, 그들은 적의와 일반적인 악의에 둘러싸인 형상으로, 포터 씨가 다른 누구, 예를 들어 슐 씨나 친구 마틴(씨)이나 페이비언(씨)이 아니라 자기 자신, 포터 씨라는 게 얼마나 좋은지 만끽하고 있는 바로 그때 나타났다. 그리고 가장 좋은 모습일 때의 포터 씨는 누구였나? 그는 누구였나? 그리고 그의 딸들—언젠가는 나도 거기 속하게 되겠지만 당시 그는 내 어머니, 애니 빅토리아 리처드슨을 알지도 못했다—그 딸들은 굶주림과 아픔과 무지로 울어댔고, 그 어머니들은 치명상을 입히도록 특별히 제작한 무기 같은 말들을 쏟아댔고, 그의 이름, 포터 씨라는 훌륭한 이름을 더럽혔고, 그가 부당하고 아버지로서의 의무를 저버렸으며 좋은 사람이 아니라고 비난했다. 이 딸들은 평범한 사람처럼 평범한 이름을 가졌다. 제인, 샬럿, 에밀리, 하지만 나는 아직 태어나기 전이었으므로 이 중 무엇도 내 이름은 아니었다. 그리고 이 딸들은 평범한 꽃 같은 평범한 이름을 가졌다. 로즈, 리시더, 릴리, 아이리스, 헤더. 하지만 나는 아직 태어나기 전이었으므로 이 이름들 중 무엇도 내 이름은 아니었다. 그리고 이 딸들은 평범한 사람처럼 평범한 성격을 가졌다. 대개 착했고, 대개 형편없었고, 대개 주변 세상에 별 관심이 없었고, 대개 저들에게 표해진 친절에 무심했고, 또 악의가 담긴 손이었으며, 대개 남들에게 친절하게 굴 줄 몰랐다. 그리고 이 딸들은 모두 제 어머니와 함께 방 한 칸에 창문이 넷이고 때로 문이 두 개인 집에 살았으며, 포터 씨는 그들을 사랑하지 않았고, 딸들도 그 어머니들도, 그들이 사는 집도, 그들이 사는 집이 있는 거리도, 방 한 칸짜리 집이 있는 거리가 있는 마을도 사랑하지 않았다. 그리고 이 딸들은 모두 그를 닮았고, 그와 똑같은 코를, 얼굴 한가운데 안쪽으로 말려 들어간 살로 덮인 넓적한 뼛조각을 지녔고, 그의 코는 그 자체, 그저 코일 뿐 그에 대해 아무것도, 그의 기질도, 부족함도, 그의 성격과 그의 도덕적 품성을 이루는 것들도 드러내지 않았고, 그의 코는 그에 대해 아무것도 드러내지 않았으며, 다만 그의 아이들, 여자아이들 전부가 그와 닮은 코를 지녔을 뿐이었고, 그들의 코가 그의 코와 똑같이 닮았을 뿐이었다.

오, 내 머리 위의 아름다운 파란 하늘, 이는 새로운 날의 이른 아침에 간밤의 이슬이 더워진 대기 중으로 사라질 때 슐 씨의 차고로 걸어가며 포터 씨가 스스로에게 한 번도 한 적 없는 말이었다. 오, 파이브아일랜즈만(灣)의 해안에 찰싹찰싹 부딪히고, 그레이즈팜 마을을 껴안고 있고, 보잘것없는 사람들이 사는 곳인 그린만의 탁 트인 지대 근처를 맴도는 바닷물의 아름다운 푸른빛, 크래브힐 마을과 프리타운 마을과 얼링스 마을에서 볼 수 있는 아름다운 푸른 바다, 포터 씨는 슐 씨의 차고로 걸어가며 이런 것들에 대해 생각하지 않았다. 그리고 사탕수수밭, 지금은 잠잠해졌으나 휘날리는 잎 하나하나, 휘날리는 줄기 하나하나에 입에 담을 수 없는 공포의 역사가 갇혀 있는 사탕수수밭에 대해서도. 또한 목화밭과 줄지어 심긴 고구마와 줄지어 심긴 감자와 줄지어 심긴 토마토와 줄지어 심긴 당근과 줄지어 심긴 양파와 줄지어 심긴 파인애플과 줄지어 늘어선 먹거나 입을 수 있는 것들과 줄지어 늘어선 고통을 유발하는 것들과 줄지어 늘어선 고통을 누그러뜨릴 수 있는 것들에 대해서도. 포터 씨는 그의 앞에 놓인 모든 것, 그가 지나치는 모든 것, 그의 앞에 놓여 있기에 지나치는 모든 것에 대해 생각하지 않았다. 슐 씨의 차고로 걸어가는 그는 얇은 리넨과 고무로 된 신발을 신고 양말은 신지 않았고, 셔츠는 흠잡을 데 없이 근사하게 다림질되었고 바지는 있어야 할 곳에 정확히 줄이 잡혀 근사하게 다림질되었으며, 포터 씨의 걸음걸이에는 그만의 경쾌함이 실려 있었다. 그의 걸음걸이를 보면 누구라도 그에겐 세상에 걱정거리 하나 없다고 여길 만했고, 포터 씨는 세상에 걱정거리가 하나도 없다고 느꼈고, 그 많은 작은 여자아이들과 그 어머니들과 그들이 모두 방이 하나뿐이고 창문이 넷인 집에 살고 있다는 사실, 그리고 그 작은 여자아이들이 때로는 배가 고프고 때로는 옷이 없고 때로는 그 아이들과 어머니들이 방이 하나뿐이고 창문이 넷인 집에서 쫓겨나기 직전에 처해 있다는 사정은 확실히 그의 걱정거리가 아니었다. 그리고 이른 아침의 해 아래서 이슬은 빠르게 사라지고 있었고, 이슬은 피어오르며 얇고 닳아버린 낡은 커튼의 형상이 되어 풍경을 가렸고, 풍경을 채우는 것은 바다와 하늘과 돛대가 달린 배들과 노로 젓는 배들과 카누들과 뱃전에서 떨어져 다시는 생사를 알 수 없게 될 남자들, 과일 바구니를 머리에 이고 시장으로 가는 여자들, 무력함과 고통과 근소한 기쁨으로 이루어진 아이의 세상에 푹 빠진 아이들, 빨랫줄에 널린 젖은 옷들, 젖을 짜이면서 혹은 도살되기 직전에 매 하고 우는 염소들과 음매 우는 암소들, 총독 관저의 근무지로 행진하는 경찰들, 잠자리에서 막 일어난 총독, 알 낳는 암탉과 스크램블되어 빵 두 쪽 사이에 끼어 먹히는 달걀, 그리고 빵을 만든 것은 제빵사 대니얼 씨였고, 대니얼 씨는 오래전 아프리카에서 끌려와 노예가 된 남녀들의 후손이었고, 대니얼 씨는 복 받은 무지함을 누리며 제칠일안식일예수재림교도가 되었다. 그리고 포터 씨가 슐 씨와, 다섯 대의 차가 포터 씨를 포함한 다섯 운전사를 기다리고 있는 슐 씨의 차고를 향해 걸어가는 동안, 핀 머리만 한 크기의, 거의 보일락 말락 한 작은 습기 방울들이 그의 겨드랑이에, 몸의 작은 틈새 여기저기, 발가락 사이, 목덜미, 귓불 뒤, 살이 말려 들어가 있는 콧방울의 보이지 않는 자잘한 주름에, 그리고 그의 튼튼한 종아리와 튼튼한 정강이와 팔에도 맺혔고, 포터 씨는 불쾌함을 느끼지 않았다. 그때 부드러운 산들바람이 불어와 그의 뺨을 스치고 그의 온몸을 훑었고 작은 습기 방울들은 증발했고 포터 씨는 자기가 불쾌했었다고 느끼지 않았다. 그리고 그의 몸에 부는 부드러운 산들바람은 한때 격한 바람이었고 포터 씨가 바로 그때 있던 세상과 멀리 떨어진 어딘가에서 참혹한 파괴를 일으켰었다.

그리고 산들바람이 불든 안 불든, 바람이 불든 바람이 세상에 대파괴를 일으키든, 슐 씨와 슐 씨의 차고를 향해 걸어가는 포터 씨를 불쾌하게 하는 것은 아무것도 없었다. 차고에는 슐 씨의 차들이 움직임이라는 것을 아예 모르는 듯 고요하고 잠잠히 놓여 있었다. 그리고 그중 한 대, 갈색 가죽 시트가 있는 감청색 힐먼은 너무나 자주 포터 씨에게 배정되어서 늘 "포터의 차"라 불릴 정도였으나, 이 차는 포터 씨의 차는 아니었고, 슐 씨의 차였다. 그리고 이 차, 갈색 가죽 시트가 있는 감청색 힐먼의 운전석에 앉으면 포터 씨는 차와 하나가 된 기분이었고, 그가 차를 소유하고 차가 그를 소유했다는 기분이었고, 하지만 차는 기분이 없었고, 그건 차는 절대 그런 일, 어떤 종류든 기분을 느끼는 일을 할 수 없기 때문이었는데, 차는 사실 슐 씨의 것이었고, 슐 씨의 차와 하나가 되었다고 느낄 때 포터 씨는 복 받은 무지함 속에서 스스로 슐 씨의 소유에 들었다. "에, 에, 포터, 내 자네에게 말하지", 몹시 이른 아침에 거리와 차고 입구 사이의 공간에서 만나면서 슐 씨는 이런 말로 포터 씨에게 인사하곤 했고, 슐 씨는 따스한 감정, 애정 어린 감정으로 포터 씨를 맞이했고, 이 감정은 매우 폭넓고도 사랑으로 가득해서 알려진 세상 전체가 치유받을 수 있을 정도였는데, 세상이 슐 씨가 포터 씨에게 하는 이 애정 어린 인사말과 다양한 그 표현법에 의해 치유받을 필요가 있음을 알았다면 그렇다는 것이다. 그리고 여러 해가 지나, 많고 많은 해가 지나, 내가 네 살쯤이었을 때, 나는 포터 씨가 거리와 차고 입구 사이의 그 공간에 서 있는 것을 보았고, 내 쪽으로 그리고 그 너머 세상으로 이어지는 거리와 차고 입구 사이에, 축소되고 작아지고 악의 힘에 의해 움직일 때의 세상의 모든 어둠을 그 내부에 고스란히 품은 차고 입구 사이에 서 있는 그를 본 것은 내가 기억할 수 있는 한 그때가 처음이었다. 그리고 그때 나는 포터 씨에게 손을 흔들었는데, 내가 그의 얼굴을 볼 수 있었기 때문이고(혹은 그의 얼굴이라고 생각한 것을 보았지만, 그때도 나중에 그가 내 앞에 서 있을 때도 나는 그의 얼굴은 전혀 보지 못했다), 나는 그의 모자가 얼굴 바로 위 머리에 얹혀 있는 것을 볼 수 있었고, 그에겐 팔과 다리와 거기 딸린 몸통도 있었을 것이 틀림없으며, 이 모든 것이 내게는, 네 살짜리 어린 여자아이였던, 순진했던 내게는 포터 씨를 이루었고,

그 모든 것이 내게 포터 씨를 이루었고 나는 무지의 상태에 있었는데, 세상 속 내 자리를 이해함에 있어 중대한 무언가를 내가 알지 못했기 때문이었다. 거리와 슐 씨의 차고 입구 사이에 서 있는 포터 씨를 보았을 때 나는 그에게 손을 흔들었고, 그의 앞에 서서 좋은 아침이라고 인사했고, 몸짓으로만 이렇게 말했다, 그는 내 것이고 나는 그의 것이라고, 이 세상은 어느 부분이나 전부 복잡하여, 지표면 아래의 판들은 움직이며 충돌하고, 지하의 거대한 가마솥들에서는 증기와 가스가 뒤섞이다가 지각을 뚫고 격하게 분출된다고, 내밀한 공동의 역사를 지닌 두 사람 사이의 겉으로는 보이지 않는 공간들은 파괴할 수 없다고. 그리고 손 흔드는 나를 보았을 때 포터 씨는 내게 얼굴을 찌푸리지 않았고, 손짓으로 나를 쫓아내지 않았고, 소리 죽여 내 존재 자체를 저주하지 않았고, 다만 그는 어깨를, 양쪽 어깨를 동시에, 앞에서 뒤로, 뒤에서 앞으로 돌렸고, 내가 차지하고 서 있던 거리의 자리를 쳐다보았고, 거리는 많은 것으로, 삶의 북적거림으로, 어떤 이들의 인생은 우스꽝스럽게 하는 동시에 다른 이들의 인생에는 죽음을 불러오는 어리석은 것들로 채워져 있었다. 그는 단지 나를 무시하기만 한 것이 아니라, 그가 죽는 날까지 내가 아예 존재하지 않음을 확실히 못 박았다. 그저 손을 흔들었을 뿐, 나는 그 앞에서 굶주림에 울지도 않았고 그에게 살 집을 요구하지도 않았다. 그에게 나는 아무 의미로도 가닿지 않았고, 그에게 나는 그의 심장 가까운 무엇으로도 전혀 가닿지 않았고, 내가 손을 흔들었던 이 일을 기억하는 것은 어머니가 내게 얘기해주었기 때문이며 어머니의 말을 통해 나는 포터 씨에게 손을 흔드는 내 모습을 보게 되었다. 거리라는 열린 공간과, 레바논과 그 주변 지역에서 온 슐 씨의 온 세계가 놓인 차고의 어둡고 닫힌 공간 사이에 서 있는 포터 씨에게 손을 흔들고 또 흔드는 내 모습을. 그리고 포터 씨는 읽을 줄 몰랐고 쓸 줄 몰랐고, 내가 해가 비치는 거리에 서서 그에게 손을 흔들고 그가 나를 보기를 거부하고 뒤돌아서 어둡고 닫힌 슐 씨의 차고로 들어갔던 그때, 나는 어머니가 시키는 대로 유선 필기 용지 한 묶음을 살 6펜스를 청하러 갔던 것인데, 네 살 나이에 나는 읽을 줄 알고 쓸 줄 알았으나 포터 씨가 그럴 줄 모른다는 것은 몰랐고, 나는 포터 씨를 아예 알지 못했다. 나는 그에게 그저 손을 흔들었고 그는 내게서 돌아섰다. 그리고 이 모든 것은 내 어머니가 내게 해준 이야기이며 그녀의 이름은 애니 빅토리아 리처드슨이었고 그녀는 도미니카 마오에서 태어났고, 지금 어머니는 죽었다.

그리고 이 전부를 내 어머니는 내게 말해주었고, 이 모든 것을 내 어머니는 내게 말해주었고, 내가 살아가는 내 인생 전부는 모두 내 어머니가 내게 해준 이야기이다. 어머니는 지금은 죽었고, 지금 어머니는 죽었다. 물결처럼 굽이치는 넓은 고원이 있고 그곳의 촉촉하고 짙은 땅에는 무성하고 곧게 자란 노란 풀이 가득하고, 노란 풀은 맑고 파란 하늘 아래서 굳세게 자라며 새들은 아침이면 잠에서 깨자마자 날아다니며 노래하고 또 저녁에는 날아다니며 노래하다가 잠이 들고 그들의 잠엔 걱정거리가 없고, 노란 풀이 가득한 물결치는 고원과 촉촉한 땅과 파랗고 파란 하늘과 위험이 없는 삶의 이 세상은 내가 태어난 세상이 아니다. 아주 커다란 방, 사실은 집인 방이 있고, 이 방에는 세상의 보물들, 지도와 보석과 비단으로 덮인 의자와 매우 찾기 힘든 종의 나무줄기로 만든 탁자가 가득하고, 이 방에는 매우 찾기 힘든 종의 사람들과 더 이상 찾을 수 없는 동물들이 가득하고 이 방에는 정복당한 많은 것들과 종속당한 사람들이 가득하며, 또 이 방에는 안락과 세속적 즐거움이 가득하나, 나는 이런 방에서 태어나지 않았다. 나는 앤티가 세인트존스의 홀버턴 병원에서 1949년 5월 25일 오전 5시에 태어났다. 그때 나는 내 어머니 배 속에 9개월째 있었고 나는 어머니를 몹시도 괴롭게 했는데, 내가 어머니 배 속에 있던 9개월은 어머니에게 대단한 고통을, 존재하는지도 혹은 존재할 수 있는지도 몰랐던 고통을 안겼고, 그 고통은 얼굴을 알지 못하는 누군가를 사랑하고, 바라지도 갈망하지도 않았던 누군가의 존재를 그리워하는 고통이었고, 그 고통은 그녀의 몸 모든 부위에 새겨지면서도 다른 곳에도, 그녀의 외부인 동시에 내부인 곳에도, 저곳인가 하면 바로 이곳에도 새겨졌고, 만질 수 있을 듯 뚜렷했고, 그러나 그것은 무엇이었을까, 그 고통은 새롭고 낯설었고 나와 함께 찾아온 것이었으니, 이 고통의 새로움은 따스한 감정을 가져왔고 내 어머니는 그것을 감당할 수 있고 견딜 수 있을 때면 사랑이라 불렀고 감당할 수 없을 때면 침범처럼 통제할 수 없는 이 고통의 감정들을 느꼈는데, 이 모든 감정, 사랑, 침범, 증오가 어머니에게 밀려들었고 그것들은 어머니에게 새로웠고 나는 어머니에게 새로웠고 그 수요일 아침 5시에 내가 그 고통과 더불어 아주 새롭게 세상에 나왔을 때 어머니 자체가, 어머니의 육체 자체가 둘로 갈라졌는데, 두 조각이 난 것은 아니었고 다만 하나의 몸이 갈라지며 열렸을 뿐이었으며, 이 갈라진 틈에서 내가 나왔고 그녀는 남은 생 내내 온전한 하나, 자기 자신뿐인 존재, 그저 애니 빅토리아 리처드슨일 수는 없었는데, 어머니의 남은 생 내내 내가 그녀 사이에, 갈라지며 열렸던 이 부분 사이에 서 있었기 때문이다. 그리고 나는 이 열린 틈을 통해 나왔고, 이 열린 틈은 한 번 열림으로써 다시는 맞붙어 아물지 못하게 되었고, 이 열린 틈 때문에 내 어머니, 애니 빅토리아 리처드슨과 나 사이에는 건널 수 없는 심연이 놓였는데, 이 심연은 포터 씨의 탓은 아니었고, 포터 씨는 이 심연에 중심적인 역할은 아니었으나 그럼에도 필수적인 요소였고, 지극히 부수적이면서도 임의적으로 필수적이었으니, 그는 내 아버지였기 때문이다. 그리고 내가 태어난 그날, 그 순간, 포터 씨와 애니, 그때는 애니라고만 불렸고 훗날 미스 애니로 그 후에는 애니 드루로 불리게 되지만 그때는 애니라고 불렸던 그녀 사이에 사랑은 없었고, 애니와 포터 씨는 서로를 미워했으나 서로의 죽음을 불러올 만한 짓은 아무것도 하지 않았기에 그건 아무런 중대한 결과도 뒤따르지 않은 증오였고, 둘 중 누구도 해칠 만한 힘이 있는 증오가 아니었고, 다만 그 증오는 내게 많은 고생을 안겨주었으며 포터 씨가 부계의 유산으로 나를 지켜주길 거부하게 한 증오였다. 그 증오는 그들이 함께 살았던 과거, 서로 떨어져서 살았던 각자의 과거, 내가 멀리 떨어진 형상이었을 때, 그들에게 알려지지 않은 형상이었을 때의 과거를 모르기에 내가 알 수 없는 증오였다. 그들 사이에 존재했던 이 증오는 오늘날까지도 내가 살아가는 내 인생의 일부가 되었고 어떻게 그럴 수 있는지 나는 이해할 수 없으나, 그럼에도 이는 진실이다. 그리고 포터 씨는 그 자신도 소유하지 않았기에 부계의 유산이 없었고, 그에겐 비밀스러운 생각이 없었고, 놀라움에 대한 생각이 없었고, 그 안에서 여기저기 떠돌아다닐 수 있는 마음의 눈이 없었고, 그의 과거와 미래와 그 둘―그의 과거와 미래―사이에 놓인 그의 현재에 대한 생각이 없었으며, 그는 무지하지 않았고, 양심이 없지 않았고, 그는 읽을 줄 몰랐고 쓸 줄 몰랐고 생의 이야기, 특히 그 자신의 생의 이야기를 조리 있게 표현할 줄 몰랐고 나는 읽을 줄 알고 쓸 줄 알며 나는 그의 딸이다.

그리고 내 어머니 애니 빅토리아 리처드슨은 도미니카 마오의 집을 떠나 윈드워드 해협을 건넜는데, 이는 거센 바람이 소용돌이치며 격하게 흐르는 움직임에 갇혀 섬들이 모인 곳으로, 앤티가, 바부다, 세인트키츠, 네비스, 앵귈라 쪽으로 나아가는 좁은 통로였고, 어머니는 부실하게 수선된 돛이 달린 보트를 타고 도미니카를 떠나 앤티가섬에 내렸고, 이곳은 그녀의 아버지 앨프리드 존 리처드슨이 태어난 곳이었는데, 그녀는 앞으로 펼쳐질 미래에 나아가야 할 길을 두고 아버지와 다툼을 벌인 후 집을 나왔고, 그 다툼 이후 그는 부성애의 영역에서 그녀를 죽은 사람 취급하고 상속권을 박탈했다. 그리고 왜 예기치 못하게 마주친 완전한 기쁨의 핵심에는 자신의 슬픔과 꼭 닮은 것이 있는가, 왜 아주 가까이 다가가면 배 속이 텅 빈, 길 잃은 기분이 들게 하는가, 마치 자신이 어딘가 다른 곳으로 가버린 느낌인 동시에 바로 앞에 있는 당신 자신을 볼 수 있는 것처럼, 당신은 멀리 떨어져 있고 또 바로 가까이 눈앞에 있는데, 당신은 어찌나, 어찌나 갈피를 잃었는지 그 기쁨, 원래의 기쁨을 찾으러 가지만, 당신의 기쁨은 곧 당신의 슬픔이고, 당신의 기쁨이 슬픔으로 변한 것이 아니라 당신의 기쁨은 원래부터 슬픔, 일종의 슬픔, 그저 슬픔이었다.

그리고 내 어머니 애니 빅토리아 리처드슨, 그때 그녀의 머리칼은, 열여섯 살의 젊은 여자였고 또 열일곱 또 열여덟 또 포터 씨를 만났던 스물다섯 살 때도 여전히 젊은 여자였던 그때 그녀의 머리칼은 길고 검고 물결치며 어깨를 넘어 등까지 내려왔고, 그녀는 때로는 머리칼을 두 갈래로 땋아 정수리에 두르고 핀으로 고정했고 때로는 검은 머리 망으로 감쌌는데 머리 망과 머리카락은 똑같은 색조의 검은색이었고 그때 그녀의 머리칼은 미지의 포유동물의 살진 검은 꼬리를 목덜미에 핀으로 단 것 같았다. 그때 어머니가 얼마나 아름다웠는지 나는 어머니와 그때 어머니를 알았던 다른 이들에게 들었지만, 포터 씨에게서는 듣지 못했으니, 그는 한 번도 내게 어머니 얘기를 한 적 없고, 내게 아무 말도 한 적 없고, 아예 내게 말한 적이 없기 때문이다. 그리고 열여섯 살이었던, 또 열일곱 살이었던, 또 열여덟 살이었던 그때와 스물다섯 살에 포터 씨를 만나기 바로 전까지 그녀는 세인트존시(市)의 그레이즈팜이라는 곳에 살았고 창문 네 개에 문이 두 개 있는 집, 사실은 방 한 칸에 살았고 그때는 혼자서, 여자아이건 남자아이건 아이 하나 없이 살았다. 그녀는 이 집에서 혼자 살며 일주일에 5일을 매일 일어나 일하러 갔고, 제대로 된 집, 그런 것이 필요하고 그런 것을 살 여유가 있는 이들이 사는 집에서 때로는 집을 청소하는 일, 때로는 그들의 옷을 빠는 일, 때로는 그 집 아이들을 씻기고 먹이는 일을 했지만, 어려서 엄한 아버지 슬하에 있을 때 아버지는 그녀를 학교에 보냈고, 학교에 반드시 다녀야 한다고, 읽고 쓰는 법을 알아야 한다고 강권했었고, 그래서 결국 그녀는 청소해야 하는 집들과 거기 사는 사람들과 그들이 입는 옷과 그 집 아이들과 아이들이 배고픈지 더러운지 신경 쓰는 일에 진력이 났다. 그녀는 아버지 친구인 의사의 진료소에서 일하게 되었지만 이내 그 의사는 처가 식구 전부가 사는 세인트키츠로 옮겨 가 살기로 했고, 그래서 내 어머니는 바이쳉거 박사 밑으로 일하러 가서는, 그가 이를 뽑는 데 쓰는 강철 기구를 문질러 닦고 끓는 물에 소독했고, 그가 이런저런 진료를 하는 데 쓰는 바늘과 주사기를 문질러 닦고 소독했고, 그가 보게 될 환자들이 손톱이 지저분하지 않고 머리는 방금 빗질했고 목욕을 막 마쳤고 양치질을 막 마친 상태인지 확인했는데, 이 모든 것이 딱 그런 상태가 아니면 의사, 바이쳉거 박사는 짜증을 냈으며 심하게 짜증이 나면 환자를 돌려보내는 일, 그 혹은 그녀를 보지도 않았는데 돌려보내는 일도 있었기 때문이다. 그리고 바이쳉거 박사는 진료를 하며 구강 질환에 대한 그의 얼마 안 되는 지식을 치과 진료에 적용했고, 소아 질환에 관한 그의 얼마 안 되는 지식을 병 걸린 아이들에게 적용했고, 성숙한 인간 몸의 기능에 관한 그의 얼마 안 되는 지식을 허리와 머리와 발과 인간 몸에서 고통이 깃들 수 있는 온갖 다른 부위의 통증으로 그를 찾아오는 성인 남녀에게 적용했다. 그리고 그는 영어를 완벽하게 구사했으나, 영어라는 언어가 그의 두뇌 가장 깊은 구석에 머물러서 어째선지 꺼내기 어려운 것처럼 구사했다. 영어로 말할 때 그는 고통스러운 것처럼, 억지로 강요받는 것처럼 말했고, 사실 정말 그랬는데, 바이쳉거 박사는 먼 곳에서 왔고 그곳에서 영어는 다른 영역에 존재했으며, 그가 온 곳에서 그는 취미로, 여가 시간에 하는 일로, 그가 태어난 슬픈 풍경 한복판에 있는 즐거움 가득한 무언가로서 영어를 배웠다. 그리고 내 어머니 애니, 아직 내 어머니가 아니었고 아직 포터 씨를 만나지 않았으나 그럼에도 나의 어머니였던 그녀는, 이제 나는 알 수 있는데, 바이쳉거 박사를 몹시 경멸했고, 그건 그가 무지하고 자신이 그 안에서 살아 있음을 느낀 언어를 제대로 말할 줄 몰랐기 때문이었다. 어머니는 영어와 프랑스어와 그 두 가지가 결합된 언어를 할 줄 알았고 스스로 자유롭고 경계에 갇히지 않았고 의무에 속박되지 않았다고 느꼈으나, 경계도 의무도 없지는 않았으니, 그녀는 이미 내 어머니였고 포터 씨는 내 아버지였다.

그리고 그때 내 어머니는 자기만의 불의 불꽃이었고, 자기만의 바다의 파도는 아니었는데, 그렇게 되는 것은 훗날, 내가 태어나고 성인 여자가 된 다음이며, 그녀는 내게 예측할 수 없는 파도와 저류를 지닌 대양이 된다. 그때 그녀는 자기만의 불의 불꽃이었고 몹시 아름다웠으며 그 아름다움은 때로는 남들에게 감탄과 애정 어린 말투로 언급되고 때로는 다른 남들에게 못마땅함과 멸시가 담긴 말투로 언급되었으니, 마치 그녀의 아름다움이 때로는 세상의 축복이고 그녀의 아름다움이 때로는 세상의 악의 징표인 것 같았다. 그리고 젊었을 때 내 어머니는 스스로 아름답다고 생각했고 자신이 아름답다는 사실을 사랑했으며 자신의 아름다움이 자아내는 분위기 속으로 다른 사람들을 초대하곤 했고, 그 아름다움으로 작은 사건들을 일으켜 그녀를 목격한 사람들로 하여금 멈추게 했고(그녀는 누가 자신을 보리라는 생각은 염두에도 없이 어두운 집에서 막 나온 듯, 머리칼을 정수리 위에 아무렇게나 틀어 올린 채 스코츠 로를 끝에서 끝까지 걸었다), 이 사람들은 그녀를 좋아했고 이 사람들은 그녀를 좋아하지 않았고 그런 사람이 여럿, 100명 정도 있었다. 그리고 그러던 중 그녀의 자궁에 장차 내가 될지도 모를 어떤 것이 엉기고 부풀어 오르며 생겨났는데, 이 조직은 그저 조식인 채로 남았으니, 그녀는 그것이 조직 아닌 다른 것이 되도록 둘 생각이 없었고, 나나 다른 존재가 되도록 허용할 마음이 없었기에 그것은 단지 자궁 속 조직으로만 남아야 했다. 네 차례 그녀의 자궁에는 체액이 모여 걸쭉하게 뭉쳤고, 그녀는 서른이 되기 전 네 차례 그것을 배출하는 데 성공했고, 자궁에 모인 이 체액은 엉기고 부풀어 오르다가 누군가 혹은 무엇이 되기 전 배출되었다. 그리고 내 어머니가 강제로 인위적인 월경을 다섯 번째로 시도했을 때, 이번에는 실패였고 그 실패는 나 때문으로, 나는 어머니의 의지대로 자궁에서 쫓아낼 수 없었다. 어머니는 이 모든 이야기를 내가 마흔한 살로 두 아이의 어머니가 되었을 때 해주었고, 이 두 아이는 이제 앞으로도 내 자궁이 품을 유일한 아이들이다. 그리고 내 어머니는 애니 빅토리아 리처드슨이었고, 내 어머니가 전혀 아니었고, 아직 내 어머니가 아니었으나, 그럼에도 그녀는 내 어머니였으니, 내가 그녀 안에 부유하고 있었기 때문이고, 그녀와 포터 씨를 포함한 세상이 나에 대해 모르고 다른 체액 덩어리들에 대해 모르고 어머니 자궁 속에 뭉친 물질을 결코 반기지 않았을 것이고 결국 나를 결코 반기지 않았을 것이었음에도 그러했다. 하지만 지금 나는 존재하고 나는 읽을 수 있고 내 이름을 쓸 수 있고 그 이상을 쓸 수 있으며, 지금 나는 글로 쓰인 말로 포터 씨 이야기를 나 자신에게 들려줄 수 있고 지금 나는 포터 씨에게 내 어머니 애니 빅토리아 리처드슨과 함께했던 그의 인생을 들려줄 수 있고 포터 씨는 지금 죽었고 애니, 열여섯 살에 아버지의 뜻을 거스르고 도미니카에서 앤티가로 왔던 애니도 마찬가지다.

참아라, 참아라, 한밤에 여기 앉아 나는 지금 나 자신에게 말한다, 짙푸르고 검은 밤, 가장 검은 밤에, 그리고 밤은 무척이나 고요하여 혼란이라고는 모르는 것만 같았고, 밤의 깊은 고요함 속에서 가장 끔찍하고 혼란스러운 행위들이 일어나지 않았던 것만 같았다. 출생과 죽음이, 태어나는 행위와 죽는 행위가, 밤이라는 깊은 고요함 속에서, 밤이라는 캄캄함 속에서. 그리고 나는 마음속으로 포터 씨와 애니 빅토리아 리처드슨에 대해 골똘히 생각하고, 그들은 내 기억 속에 있는데, 그런 일은, 내가 그 두 사람에게서 태어나기 전부터 그들을 알았다는 것은 분명 불가능해 보이지만, 그럼에도 그러하다. 내 마음속에는 내 어머니와 아버지가 되기 전의 그들에 대한 기억이 있고, 나는 그들이 태어나서 살아 있고 존재하는 상태가 되려 분투하던 때에 숨 쉬는 모습을 볼 수 있고, 어린 시절의 삶을 거쳐서 서로를 만나 나를 만든 두 사람이 되어가는 모습을 볼 수 있고, 이 과정 내내 내게 그들은 실체적 고유함으로 보이며 내게 그들은 유령으로, 실제의 가능성으로, 내게 속한 실제의 가능성으로 보인다. 그리고 태어났을 때 내 이름은 일레인 신시아였고, 애니 리처드슨이 나의 어머니였고, 그것이 나의 실체적 고유함이며 포터 씨는 나의 유령이다. 보고 또 보고, 찾고 또 찾으며, 나는 내가 비상함을 깨닫고 또 내가 전혀 그렇지 않음을, 내가 비상함의 반대임을 깨닫고, 그러다가 나는 내가 특출함을 깨닫고 또 내가 전혀 그렇지 않음을, 그러니까 특출하지 않음을 깨닫는다. 그리고 바람이 불고, 그리고 해가 빛나고,

그리고 지구 표면은 격한 활동으로 융기했다가 침강하고, 지표면에 거주하는 이들은 다양하고 끊임없이 변하는 지구 윤곽의 변화무쌍함에 종종 패배하고, 내 어머니 애니 빅토리아 리처드슨과 내 아버지 로더릭 포터는 바로 그때, 내가 태어나기 전에, 그리고 내가 태어났을 때조차 세상에 관심이 없었고, 세상과 한쪽 끝에서 다른 쪽 끝까지 세상이 회전하게 하는 힘들에 관심이 없었다. 그리고 반쯤 나 자신이 되어가는 중이었던 나는 내 어머니 애니 빅토리아 리처드슨과 정말로 내 아버지였던 로더릭 너새니얼 포터 사이에 있었다. 그리고 그때 나의 무게, 그때 내가 낼 수 있던 소리의 크기, 그때 내가 차지하던 공간의 크기, 그때 내가 의식하던 범위, 그때 내가 알았던 슬픔 그리고 영속적인 기쁨 혹은 자연스러운 기쁨 혹은 잦은 기쁨의 부재—이들은 모두 그때부터 지금, 내가 이 글을 쓰는 지금까지 변치 않은 채 그대로다. 내 기쁨과 슬픔의 내용과 부피와 무게는 그때나 지금이나 똑같다. 그리고 지금 나는 모든 열망은 헛되다고 믿으며 그때 나는 격렬하게 요구하고 변화를 이뤄내는 것이 필수적임을 알았고 이제 나는 모든 변화는 똑같은 본모습이며 모든 다른 본모습은 똑같음을 알고, 내 아버지 포터 씨는 읽거나 쓸 줄 몰랐고, 내 어머니 애니 빅토리아 리처드슨은 읽고 쓸 줄 알았으나 읽기와 쓰기가 서로 연관이 있다고 생각하지 않았고, 그리하여 나는 나 자신에게 말할 수 있고 누구나에게 말할 수 있다, 이것이 그것이고 그것은 연속적인 일들이며, 그 모든 일이 잘못되었고 그 모든 일은 결코 만족스럽게 해결되지 않을 것이며, 모든 잘못은 정의를 불러일으키고 그런가 하면 모든 잘못은 결국 패배에 굴복할 거라고. "가버려도 좋아요, 엄마, 가버려도 좋아요, 아빠", 포터 씨는 슐 씨의 차를 몰며, 슐 씨 소유인 택시의 운전사로 일하러 일터에 걸어가며, 방이 하나뿐이고 창문이 넷이며 문이 둘인 집에서 나와 걸어가며 혼자 노래를 불렀고, 그 집에는 이 여자 혹은 다른 여자가 살았고 그들은 그의 여아(女兒)들을 낳았다. 혹은 포터 씨는 "페니휠러! 음, 흠, 흠, 흠, 흠, 흠, 흠 페니휠러! 음, 흠, 흠, 흠, 흠, 흠, 흠 페니휠러" 하고 노래했고, 이 곡조에 맞춰 몇 번이고 말을 되풀이하며 노래 불렀다. 파딩 동전을 높이 던졌다가 언제나 왕의 초상 쪽이 위로 오도록 받으면서, 혹은 거울 앞에 서서 손으로 뻣뻣한 곱슬머리를 두피에 차분히 붙이려 노력하면서, 혹은 벨트 버클을 채우면서, 혹은 레바논에 대한, 시리아와 그 근처 세상을 왔다 갔다 하던 것에 대한 슐 씨의 끝없이 쏟아지는 기억을 들으면서. 그리고 포터 씨는 "왜, 왜, 왜 그대는 크고 푸짐한 궁둥이를 내놓고 있나요, 궁둥이를 내놓고, 궁둥이를 내놓고, 왜 그대는 크고 푸짐한 궁둥이를 내놓고 있나요" 하고, 아직 그의 많은 여아 중 하나의 어머니가 아닌 여자를 만나러 가면서 자신에게 그리고 오로지 자신에게만 노래를 불렀고, 여아 중 하나의 어머니인 여자를 만나러 갈 때도 있었으나 그럴 때 아이는 마치 아직 태어나지 않은 듯, 태어났더라도 결코 그런 일이 없었던 듯 다른 곳에 있었다. 그리고 그가 혼자 부르는 모든 노래, 말없이 그의 머릿속에 흘러가는 모든 노래는 아무 의미도 없었고, 그의 마음을 차지하는 두서없는 것에 불과했고 그런가 하면 그 모든 노래에는 의미가 있었으나, 어떤 의미인가? 포터 씨는 답을 알고 싶은 마음조차 없었다.

그리고 포터 씨 생의 모든 날에 해는 빛났고, 비가 올 때조차 해는 빛났으니, 해는 불변이었고, 365일 동안 사라진다 해도 여전히 불변일 터이니, 해는 이 풍경을 이루는 전부였기 때문이다. 그리고 포터 씨가 영영 알 수 있는 것은 그게 전부였고, 그것이 포터 씨가 알 수 있는 전부였고, 개별적 인간의 중요함 혹은 하찮음과 포터 씨의 기쁨과 슬픔에는 무심한 천체 해는 평소처럼, 사람을 지탱하거나 무너뜨릴 수 있을 정도로 사나운 열기를 띠며 빛났고, 포터 씨는 햇빛인 낮들과 해뜨기를 기다리는 어두운 밤들을 살아갔고, 간혹 인생의 일부일 때도 있는 다정함이 포터 씨를 껴안았지만 그는 이를 알지 못했다. 그리고 인생이라는 가차 없는 잔혹함이 포터 씨 위에 군림했고, 왔다가 가곤 하는 지상의 군주처럼이 아닌 천상의 무언가처럼 군림했다.

그리고 포터 씨는 인생을 이루는 깊은 감정들과 인생을 이루는 유쾌한 대화들의 매끄러운 표면들을 같은 방식으로 받아들였고, "에, 에, 내 자네에게 말하지"라고 하며 모자를 바로잡고 손가락 하나로 셔츠 칼라를 훑고 바지 앞면의 주름을 매만지고 입에서 침을 조금 묻혀다 구두와 뺨에 문질렀고 세상은 몹시 근사했고 모든 것이 그의 방식대로, 왜냐하면 그도, 그조차도 방식이 있었으므로 그의 방식대로 잘되어갔으나 내 어머니가 그것을 방해했다. 포터 씨의 이 방식, 이 세상은 매끄럽게 돌아가고 그의 여아들을 둔 어머니들이 꾸준히 새로 생겨나고 어머니들과 여아들의 삶 모두가 고치에 싸여 있고 그것이 갑자기 열리며 지금과 다른 존재로 변모할 일은 절대 없었던 이 모든 확실성의 방식을 내 어머니는 방해한 것이었다. 그리고 내 어머니, 그녀 자신부터가 아름답고 독기 어린 폭발의 연속이었고 기묘한 액체들이 들끓는 가마솥이었고 섹스와 격정과 여성적 아름다움과 기만과 고통과 여성적 굴욕과 나르시시즘과 취약함의 소용돌이였던 어머니는 포터 씨가 슐 씨와 슐 씨의 차들과 거리 근처에 서 있을 때 그를 만났고, 그 거리는 조지인지 메리인지 잉글랜드의 왕이나 어딘가의 성인의 이름이 붙은 거리였고, 나, 지금 이 모든 것을 쓰고 있는 나는 바로 그 순간 존재하게 되었으며, 나, 지금 이 모든 것을 쓰고 있는 나는 그보다 아주 오래전에 존재하게 되었다.

그리고 그날 아침, 해가 평소와 같은 자리, 동쪽과 서쪽 지평선 사이 어딘가에 있었을 때 드리키와 애니, 내 아버지와 내 어머니는 만났고, 포인츠에서, 방 한 칸에 불과한 집에서 같이 살았고, 싸웠고, 나를 임신한 지 7개월이었을 때 어머니는 포터 씨가 저축한 돈 전부를, 그가 거친 삼베 주머니에 넣어 침대 아래 보관하던 돈, 언젠가 자기 차를 사서 자기 소유의 택시를 모는 운전사가 되려고 저축하던 돈 전부를 챙겨 배 속에서 아기의 정상적인 성장 속도로 자라던 나와 함께 떠났고, 실상 방 한 칸인 다른 집으로 혼자 살러 가버렸고, 이 집은 그레이즈팜에 있었다. 그리고 내 어머니와 아버지, 애니와 드리키가 서로에게 했던 그 마지막 모진 말들과, 그녀가 그에게 저지른 그 무시무시한 짓, 그가 스스로를 좀 사람다운 꼴로 만들 작정으로 저축했던 돈을 가져가버린 일과, 새로 맞이하는 하루마다 그가 슐 씨의 세상에서 거듭하고 거듭하여 죽어가도록 그를 남겨두고 떠난 일로 인해 포터 씨는 내가 갓 태어났을 때나 그 직후에 결코 내 얼굴을 보지 않았고, 이는 내게 줄이 그어지는 결과로 이어졌고, 포터 씨의 이름이 있어야 할 공간은 내 아버지와 그 이름으로 채워지지 않았고, 그렇다고 비어 있지도 않으며 줄만이 그어져 있을 뿐이고, 그 줄은 나를 가로질러 그어졌다. 그리고 내가 상속받은 이 유산을 나는 누구에게도 물려주지 않았고, 결코 요구한 적도 없었고, 마음속으로 바라보고 이모저모 생각해보고 유념해두었을 뿐 그것으로 아무것도 하지 않았고, 누구에게도 물려주지 않았다. 내 이름, 내게 그어진 줄에 의해 지워진 일레인 신시아 포터라는 이름을 처음에 나는 버렸고 다음에는 완전히 다른 이름으로 바꾸어 내게 그어진 줄이 이제는 나를 찾지 못하도록, 찾아내더라도 나를 알아보지 못하도록 했고, 그 줄은 나를 보지 못하나 내게는 그것이 보이며, 그 줄은 매일 내가 평범한 일을 하는 중에 나를 따라온다. 예를 들어 숨을 들이쉬고 내쉬거나, 예를 들어 창밖으로 비가 부드럽게 내리는 풍경을 바라보거나, 예를 들어 손바닥에서 특이한 곤충의 거의 치명적인 침을 제거할 때. 내게 그어진 줄, 이 줄을 나는 상속받았으나 나는 내 상속을 받아들이지 않았고 그리하여 내 뒤를 이을 누구에게도 양도하지 않았다.

그리고 내가 태어났을 때, 어느 수요일의 아주 이른 새벽 5시, 그때 해는 하늘 한복판에 있지 않았고 지평선 바로 아래 있었을 뿐으로, 하늘 한복판을 향한, 한낮을 향한 평소의 여정을 막 시작한 참이었고, 그것은 관찰하는 이에게는 매우 따분하고 관찰당하는 것에는 매우 무심한 여정이었고, 태어났을 때, 어머니의 자궁에서 갓 나왔을 때 나는 울지 않았고, 울음은 내가 살아 있다는 신호여야 했으나 나는 울지 않았고 따라서 어머니의 해산을 돕던 여자가 나를 찰싹 때렸는데, 그녀로서는 가볍게 때린 것이었고 세상에 대한 그녀의 잔혹한 이해에 걸맞은 세기였지만, 갓 태어났고 내가 방금 들어온 세상에 대한 경험이나 이해가 없는 내게는 세찼고, 나는 울고 또 울었고, 크게, 더 크게, 그 어느 때보다도 크게 울었고 그 거센 울음은 거센 성격을 드러낸 것이라 후에 평해졌고, 내가 막 태어났을 때는 바람직하게 여겨졌으나 지금은 전혀 그렇지 않게 여겨진다. 그리고 그때 내 어머니의 이름은 애니 빅토리아 리처드슨이었고 그때 내 아버지의 이름은 로더릭 포터였으나, 애니만이 나를 자기 아이로 인정했고 이 여자, 애니 리처드슨은 나를 가슴에 꼭 안고 젖을 먹였고 그때 그녀가 내게 줄 수 있는 것은 유방의 확장된 구멍에서 흘러나오는 묽고 투명한 젖빛의 액체, 젖이라 불리는 그것밖에 없었다. 그리고 그녀는 내게 자기 젖을 먹이고 먹였고 나는 그것을 마시고 마셨고 그러던 어느 날 유방은 말라붙었고, 젖은 나오지 않았고, 이는 내가 세 살 때 또 다섯 살 때 또 일곱 살 때 그녀가 해준 말대로고, 그러다 언제부턴가 그녀는 더 이상 그 이야기를, 내가 젖을 다 빨아서 말려버릴 때까지 내게 젖을 먹였다는 이야기를 하지 않았고, 내게도 아이들이 생겨서 그들에게 내 가슴의 젖을 먹이는 일에 지친 어느 날 나는 이 이야기를 꺼냈는데, 어머니는 내가 어머니의 젖을 동나게 했다는 이야기를 내게 한 기억이 없다고 했고, 어쨌거나 그런 일은 있지도 않았고 일어났을 리도 없는데 당신이 그런 일이 있었던 것을 기억하지 못하기 때문이라고 말했다. 그리고 나는 일곱 살 때 사진에서 내 모습을 볼 수 있는데, 내 얼굴을 보면 나는 텅 빈 표정이고, 내 얼굴을 보면 나는 어떠한 내용물도 담기지 않은 것만 같으나, 내 얼굴에 쓰인 것은 다만 포터 씨의 부재일 뿐이다. 나에게는 줄이 그어져 있고, 그것은 이 순간 내가 나 자신에 대해 아는 모든 것을 압도하고, 그 줄은 내가 어머니의 가슴에서 마셨던 젖을 압도하고, 내 어머니의 이름은 애니 빅토리아 리처드슨이었고 나를 만든 것은 그녀와 내 아버지 로더릭 포터였다.

그리고 나는 마음의 눈으로 내 얼굴을 볼 수 있고, 내 뺨은 엘프리다 로빈슨의 뺨처럼 둥글고 통통하며 내 코는 통통하고 두툼하면서 양 뺨 쪽으로 퍼졌다가 뺨 위에 내려앉고 내 뺨의 토실함은 엘프리다 로빈슨의 뺨과 똑같고 내 코의 통통함은 너새니얼 포터의 얼굴에 정확히 같은 모양으로 나타나며 이 코는 포터 씨의 얼굴과 그를 아버지로 둔 모든 여아의 얼굴에도 있다. 포터 씨를 아버지로 둔 여아들은 모두 이런 코, 그의 코를 닮은 코를 지녔으며 그는 자기 코를 통해 자기가 그들의 아버지임을 확실히 알았다. 그리고 이 여자아이들을 보면 포터 씨는 "에, 에, 에, 에"라 말했고, 때로는 기쁘게 말했는데 이는 아이들이 최근에 태어났고 여전히 그 어머니들을 총애하기 때문이었고, 때로는 성가셔하며 말했는데 이는 그 어머니들이 성가신 요구를 해댔던 것을 기억하기 때문이었으며, 얼굴의 매끄러운 윤곽 한가운데 포터 씨와 똑같은 모양의 코를 지닌 채 태어났고 죽게 될 그 여자아이들이 그의 앞에 나타나서는 뭔가 필수적인 것을, 그들이 존재하게 된 것 자체에 그가 담당했던 역할 이외의 필수적인 것을 요구할 때면 그는 늘 분노를 담아 말했다. 이를테면 교과서, 속옷이나 모자가 아닌 교과서 말이다. 내가 네 살쯤이었던 어느 날, 현실과 현실 인식과 당혹스러움과 불확실성이 내 세상을 완전히 구성하던 나이에 나는 슐 씨의 차고 그늘에 서서 포터 씨를 기다렸고, 그때 그는 슐 씨의 택시로 승객들을 한 곳에서 다른 곳으로 실어 나르느라 바빴고, 승객 중 하나가 바이쳉거 박사였는데 그때 그는 혼자였으며 아내와 함께 있지 않았고, 나는 기다리고 또 기다렸고, 그때 나에게 기다림은 너무나 자연스러운 것으로 여겨져, 하늘이나 땅이나 산소나 빗물처럼 기다림은 내게 그렇게 느껴졌다. 그리고 나는 포터 씨를 기다렸고, 그의 친구 조지 마틴이 그는 오지 않을 거라 했으나 그래도 나는 기다렸고, 그때 포터 씨가 힐먼 혹은 제퍼라는 마크가 찍힌 차를 몰고 왔고, 나를 보자 그는 마치 내가 그의 앞길을 막은 버려진 개라도 되는 듯, 내가 그에게 아무것도 아닌데 별안간 정신 나간 것처럼 그와 내밀한 관계를 맺으려 든다는 듯 손짓으로 나를 쫓았다. "에, 에" 하고 포터 씨는 말했다. 그리고 내 인생은 희미한 조명이 밝혀진 홀버턴 병원의 병동에서, 포터 씨 없이, 내 어머니가 말없이 그에게 적의를 발하는 가운데, 내 어머니가 나를 사랑하고 나에게 말없이 적의를 발하는 가운데 시작되었고, 그 후에 나는 흰 면으로 된 천에 겹겹이 싸여 신생아다운 자세로 쉬도록 놓였고, 이는 죽은 자의 자세이기도 했는데, 나는 눈을 감고 양팔을 접어 가슴에 꼭 붙이고 온몸에 미동도 없이 있었으나 죽은 것은 아니었고, 내 가슴은 오르락내리락 움직였고, 갓 태어나 내 폐는 들이쉬고 내쉬는 과정에 익숙해지는 중이었으므로 아주 약하게 움직였다. 그리고 나는 홀버턴 병원에서 어머니 옆에 누워, 어머니의 가슴에 폭 안겨 내 첫 영양분인 어머니 젖을 마셨고, 어머니는 내 옆에 누워 내 첫 영양분인, 가슴에 저장된 젖을 먹였고, 내게 젖을 먹이며 어머니는 나를 얼마나 사랑했으며, 내게 젖을 먹이게 된 과정의 일부인 사람, 포터 씨를 얼마나 미워했는지, 그리고 그는 내 아버지였다. 그리고 내 어머니 애니 빅토리아 리처드슨은 홀버턴 병원에서 나를 데리고 나왔고, 그때는 슐 씨의 딸 하나의 이름을 따 내 이름을 일레인이라 지은 후였는데, 일레인이라는 그 이름은 슐 씨에게는 아무런 의미도 없었으나 내 어머니에게는 슐 씨의 딸이 불리는 것을 들은 적 있는 이름이었고, 어머니는 슐 씨의 운전사, 그러니까 포터 씨를 사랑했었고, 이제 어머니는 나를 사랑했지만, 내가 태어난 뒤 그녀는 포터 씨도 슐 씨도 슐 씨의 딸도 스쳐 지나간 것 외에는 한 번도 본 적 없었고, 그리하여 내 인생에서 오랫동안 나는 어머니가 더 이상 좋아하지도 사랑하지도 잘 지내길 바라지도 않는 사람들의 이름을 지니고 있었고, 홀버턴 병원을 나와 어머니는 나를 그레이즈팜의 집으로, 실상 창문 몇 개와 문 두 개가 있는 방 한 칸으로 데려왔다. 그리고 내가 한갓 신생아에서 성장하여 인생의 첫해에 접어들면서, 어머니 가슴의 젖에 옥수숫가루나 애로루트로 만든 죽이 보충되었다. 그리고 나는 계속해서 자랐고, 걷기도 전에 말을 할 줄 알았고 나는 바라보기에 경이로운 존재, 관찰하기에 경이로운 존재였으나 포터 씨는 그때 나를 한 번도 보지 않았고, 내가 아기여서 그가 필요할 때도, 내가 어린 여자아이여서 그가 필요할 때도 포터 씨는 결코 나를 보지 않았는데, 그가 내게 줄이 그어지게 했기 때문이었고, 또 내 어머니는 어마어마한 의지와 분노와 상상력을 이용해 포터 씨의 심장에 날카로운 칼을 꽂았으며 그 심장은 포터 씨가 마음속으로 그리던 자기 인생을 시작할 작정으로 모았던 작은 돈 꾸러미였고, 그렇게 하여 또 다른 줄이 탄생했으니 이 줄은 나와 포터 씨 사이에 그어졌으며 이 줄은 견고했고 우리의 평생 동안 뚫리지 않은 그대로였고 사랑은 그것을 건드릴 수 없었으니, 증오와 무관심이 그 이름이었기 때문이다.

그리고 나는 몇 번이고 포터 씨에게 돌아온다. 머리에 멋 내어 쓴 운전사 모자, 잘 다림질된 셔츠, 제자리에 빳빳하게 줄이 잡힌 바지 앞면, 젖은 헝겊에 재를 묻혀 문질러 닦았기에 무자비한 햇빛 속에서 빛나는 치아, 세게 문질러 닦아서 광이 나는 운전사용 검은 구두의 그, 그의 입에서 나오는, 슐 씨를 위안하고 달래는 말들, 슐 씨는 올리브밭과 다마스쿠스로 가는 길과 황급히 레바논을 떠나 수리남에 정착하려고 노력하고 트리니다드에 정착하려고 노력했던 일과 냄비와 팬과 몇 마나 되는 각종 거친 천과 레이스가 가득한 짐 가방들의 기억에 매일 얽매여 있었다. 그리고 포터 씨의 입에서 나오는 말들은 그가 앤티가섬의 한 곳에서 다른 곳으로 실어 가는 많은 승객들에게 위안과 달램이 되었고, 이 승객들은 포터 씨가 알지 못하는 기후, 그들이 살았고 따라서 미워하는 기후를 비난했으며 그에게 택시 창밖으로 보이는 것들에 대해 물었다. 사탕수수밭들, 그리고 언뜻 보기만 해도 사탕수수를 재배하는 노동의 힘겨움이 드러났으며, 꽃 핀 목화밭들, 그리고 언뜻 보기만 해도 목화를 재배하고 수확하는 노동의 힘겨움이 드러났으며, 초가지붕을 인 흙집들, 빨랫줄에 걸려 말라가는 찢어진 옷들, 부풀어 오른 배를 하고 반쯤 벌거벗은 아이들, 그들을 둘러싸고 있음을 느낄 수 있는 말로 표현할 수 없고 보이지 않는 무성함. 그리고 포터 씨는 "그럼요, 그럼요, 그럼요!"라 말하곤 했고, "그럼요" 소리는 매우 길게 끌리고 끝나기까지 너무나 오래 걸려서, 이 수많은 "그럼요"들이 다 끝나기 전에 세계 일주를 할 수도 있을 정도였다. 그리고 포터 씨의 목소리는 무척 위안이 되고 마음을 달래주어, 마치 그가 장의사여서 슐 씨의 기억 하나하나, 승객들의 의견 하나하나를 방부 처리하는 것 같았고, 진정으로 받아들이지 않고 그렇게 함으로써 그것들은 모두 그에게 아무것도 아니었으며 인생이 그에게 내려준 것의 일부에 불과했고, 슐 씨는 언젠가 떠날 터였고, 바이쳉거 박사는 언젠가 떠날 터였고 택시 승객들도 언젠가는 떠날 터였으나 포터 씨는 그들이 떠난 뒤에도 영원히 남을 것이었는데, 그가 있어서 이 풍경에, 바다와 한낮의 하늘 한복판에서 너무나 밝게 빛나는 해와 바람이 불어오는 쪽에서 불어와 한낮의 하늘에 완벽하게 자리 잡고 있던 해를 삼켜버리는 거대하고 시커먼 바람에 의미가 생겼기 때문이다. 그가 있어서 강제 노역의 철폐에 의미가 생겼고 성령강림절* 나들이에 의미가 생겼는데, 성령강림절은 바이쳉거 박사에게는 불쾌한 것이었으나 슐 씨에게는 평소보다 더 많이 먹을 핑계를 주는 휴일이었다.

포터 씨의 이 세상, 채워진 욕망들과 좌절된 욕망들이 있는(그리고 포터 씨는 몰랐지만, 이는 대부분의 인간에게 익숙한 양상이었다) 그의 세상은 좋은 것과 나쁜 것이 끊임없이 끓는 가마솥이었으나, 좋은 것들은 더 빨리 끓어 급히 사라졌고, 증발하면서 증기가 되어 피어올랐다가 허공에서 완전히 자취를 감췄으며, 나쁜 것들은 끓고 끓으며 거품과 기포를 일으켰고, 나쁜 것들은 언제까지나 영원히 끓고 또 끓으며 부피가 불어났다. 그리고 차에서 하루를 보낸 후 포터 씨의 자아는 그가 결코 진정으로 알지 못할 사람들과 진정으로 알고 싶지도 않은 사람들을 향한 거짓 호의로 채워졌고, 지구는 평소대로 자전축을 중심으로 돌았으며 포터 씨의 존재에 대해 무심한 정도를 넘어섰다. 그리고 슐 씨와 바이쳉거 박사와 마음에 들지 않는 기후에서 왔으며 전혀 마음에

---

*   원문의 단어는 Whitsunday로, 예수의 부활 이후 50일째 되는 날을 기념하는 축일(오순절이라고도 한다)을 성공회와 감리교를 믿는 일부 국가와 영국에서 부르는 명칭이며 그 외에는 Pentecost라는 명칭을 쓴다. 한편 밀 수확을 기념하는 유대교 절기인 칠칠절(Shavuot)을 이와 같은 것으로 보기도 하나, 엄밀히 말하면 다른 축일이다.

들지 않는 그 기후에서 규칙적으로 탈출하는 사람들과 보낸 하루가 끝났고, 포터 씨는 부드러운 소리를, 한숨을 요란스레 내뱉었고, 슐 씨의 차고에서 하루를 마치고 사실은 창문이 넷 있는 방 한 칸일 뿐인 여러 집들로 갔고, 그는 자기 여아들의 어머니들인 모든 여자와 펑퍼짐하고 살진 그의 코를 지닌 모든 여자아이를 볼 수 있었고, 그는 전부 여자아이들인 자기 자식들을 보았고, 또 그는 그 어머니들을 보았는데 그 여자들은 그의 존재를 갈망했고 그의 존재가 매일같이 변함없이 있어주기를, 그리고 그가 갈 때면 떠날 때와 같은 강렬함과 침착함으로 돌아와주기를 간절히 바랐다. 그리고 그들은 그의 존재를 갈망했고, 그의 존재를 갈망하고 또 갈망했고, 그의 존재가 영구적이기를 그들은 얼마나 바랐던가. 그러나 포터 씨의 애무와 포옹은 면도날과 같아서 그의 포옹을 받은 여자와 여아는 누구나 피부가 찢어져 바닥 쪽으로 늘어지고 피가 흘러나와 바닥에 고이고 뼈가 드러나고 힘줄과 신경까지 드러난 채 남겨졌다. 그리고 이 모든 일을 겪고 나면 그 사람은, 여아를 둔 어머니는 재구성되었고, 새롭게 만들어진 것은 아니고 다만 여아를 둔 평범한 어머니로 재구성되었으며, 그들의 눈물은 강을 이룰 수 있었고 그들의 슬픔과 회한의 한숨은 산을 이룰 수 있었고, 그들의 배 속을 찌르는 배고픔의 고통은 푸른 골짜기를 이룰 수 있었고, 그들, 창문이 넷 있는 방 한 칸에 불과한 집에 사는 이 아이들과 어머니들은 포터 씨를 향해 부르짖었고,

그들의 눈물은 억수 같은 비처럼 쏟아졌고 그들의 부르짖음은 어떤 변화도, 그 누구에게도 어떤 변화도 이뤄내지 못했다.

그리고 포터 씨 마음의 많은 틈새들은 다음과 같다. 후회와 희망과 실망의 골짜기들, 후회와 희망과 실망의 산들, 열망의 바다들, 초목 없이 헐벗은 평원들과 먼지 가득한 평원들, 기쁨의 얕은 배수로들, 슬픔의 깊은 균열들, 경외감의 날카로운 절벽 끝 바위. 포터 씨 마음의 틈새들은 이러했고 이는 전부 그에게 비밀이었고 그래서 가끔 그는 한 남자가 여자를 뒤쫓고 여자는 폴짝폴짝 뛰며 가시덤불과 사탕수수밭을 긁힌 곳 하나 없이 헤치고 가면서 쫓아오는 이를 목청껏 소리 높여 놀린다는 내용의 노래를 즐겁게 불렀고, 포터 씨는 이런 노래를 불렀을 뿐 그런 일은 한 번도 그에게 일어난 적 없었다. 그리고 또 가끔 그는 하루의 끝에 대한, 인생 자체의 끝에 대한, 신이 크고 작은 모든 것에 숨겨둔 많은 비밀에 대한 찬송가를 불렀으나, 스스로도 모르는 결의를 담아 불렀을 뿐, 찬송가의 의미는 자기 자신으로부터 감춰두었다. 그리고 포터 씨 마음의 틈새들은 익숙하면서도 아직 미발견인 어떤 행성의 표면을 닮아, 몹시 평범하면서도 몹시 희귀한 무언가였다.

그리고 우리 둘 다 모르는 사이에 포터 씨가 내 인생의 중심인물이었듯 지금 나는 포터 씨 인생의 중심인물이다. 나 자신을 알기 이전부터 나는 내 인생의 중심인물이 내 어머니 애니 빅토리아 리처드슨임을 알고 있었으나, 그녀는 포터 씨의 인생에서는 중심인물이 아니고, 포터 씨의 인생에서 그녀는 사실상 창문이 넷이고 문이 둘인 방 하나에 불과한 집에 살았던 여러 여자들 중 하나에 지나지 않았고 그의 여러 여아들 중 하나의 어머니였고, 그녀는 내 어머니이며 내 이름은 일레인 신시아 포터, 이는 어머니가 지어준 이름이다. 육지에서, 바다라는 검은 물을 가르고 나아가는 배의 불빛을 보라. 늘 들썩이는 지표면에서, 고개를 들어 별이라는 온화한 밝음을 보라. 레드클리프 스트리트 건너편에서, 그때 일레인 신시아 포터라는 이름의 어린아이였던 나는 포터 씨를 보았고, 로더릭이 그의 이름이었고, 드리키는 그를 사랑하고 잘 아는 사람들이 그를 부르던 이름이었고, 이 사람, 포터 씨, 로더릭, 드리키는 내 아버지였다. 그리고 포터라는 그 이름은 어렸을 때 나를 따라다니며 괴롭혔는데, 나는 포터라는 이름을 지닌 사람은 아무도 몰랐고, 포터스라는 이름의 마을은 알았지만 거기서 온 사람은 아무도 만난 적 없었고, 포터라는 이름은 내 이름의 일부였음에도 나는 나에게 이름을 물려준 그 사람을 한 번도 만난 적 없었다. 나는 길 건너편에서 그를 보았고 길 건너편에서 학교에서 필요한 책을 살 돈을 청했으나, 나는 이 일을 전혀 기억하지 못하고, 내 어머니가 그렇게 이야기해주었을 뿐이며 내 어머니의 혀와 거기서 나온 말들은 믿을 수 없으니, 그녀는 이제 죽었다. 그리고 그때 나는 누구였나, 포터였나 리처드슨이었나, 왜냐하면 내 어머니가 손수 고치를 짜 나를 감쌌고, 사랑과 원통함과 분노와 고통의 고치로 나를 둘러쌌으며, 나는 그 고치에서 절대 나오지 않을 작정이었고, 새로운 무언가로, 지금껏 없던 무언가로, 욕망과 질투를 불러일으키고 함정에 빠뜨려 죽음을 불러올 무언가로 변모하였음에도 나는 그 찢을 수 없는 섬유질을 통해 포터 씨를, 그의 그림자를, 그의 실제 몸을 느낄 수 있었으니, 그는 내 아버지였고 따라서 그는 내 안에 있기 때문이었고, 그는 내 어머니가 내 주위로 칭칭 감은 감정적 섬유를 이루는 요소 중 하나였으나, 그의 존재는 그림자였고 그 그림자에는 내가 실제로 아는 그 어떤 진짜 사람보다 더 뚜렷한 실체가 있었고, 진짜 사람은 피와 조직과 정맥과 동맥과 장기와 부드러운 물질로 이루어져 있으나, 내 인생에서 포터 씨는 그림자였고, 내가 아는 어떤 사람보다도 더 중요한 그림자, 내가 알게 될 어떤 환영보다도 더 중요한 그림자였다. 그 후 나는 나 자신이 되었고 포터 씨는 그 자신 그대로였고 그의 많은 여아들의 어머니들인 여자들도 그대로인 채 그를 미워하고 욕했고, 내 어머니도 그를, 가끔 포터라 부르고 드물게 드리키라 부르는 남자를 욕했고, 내가 어머니와 있을 때 그녀가 그에 대해 하는 악담은 나를 향한 것이 아닌 보이지 않는 청중을 향한 것이었고, 나는 내 어머니가 이름이 포터이며 드리키인 남자를 욕하는 데 익숙해졌고, 그는 내가 한 번도 만난 적 없고 모르는 남자였으나, 그럼에도 나는 그를 만났고 그를 알았으니, 내 절반 전체가 고스란히 그로 이루어져 있었기 때문이다.

그리고 포터 씨는 세상 속으로 그의 길을 계속 나아갔고, 그는 세상 속으로, 비유로서의 그의 세상이 아닌, 직접 그와 맞닿은 실제 그의 세상 속으로 자기 길을 열심히 나아갔고, 그가 나아간 이 세상은 인간과 다른 사람들과 사건들에 의해 형성되었으며, 개중에는 의도적인 것도 있고 우연인 것도 있었다. 슐 씨가 고향을 떠난 것은 의도적이었으나 그가 포터 씨의 인생에 등장한 것은 우연이었고, 바이쳉거 박사를 살해하려는 시도는 계획적이었으나 포터 씨가 그의 운전사가 된 것은 우연이었으니 말이다. 그리고 우연한 일들과 의도적인 일들로 이루어진 미궁 속에서 살던 중, 포터 씨는 이본이라는 여자를 만나 결혼했다. 그리고 이본은 아이, 여자아이를 낳았고, 그들은, 이본과 그녀의 여아는 포터 씨와 함께 방이 많은 집에서 살았고 그 집의 각 방에는 하나 이상의 창문이 있었고 각 창문은 판유리 네 장으로 이루어져 있었고 각 창문은 커튼으로 둘러싸여 있었고 커튼은 면으로 되어 있었는데 꽃 핀 히비스커스와 새들, 그저 새들, 자연에는 없는 온갖 색과 크기의 날아다니는 새들 그림이 날염되어 있었다. 그리고 이본은 다른 아이를, 이번에는 남자아이를 낳았으나 포터 씨는 그의 아버지가 아니었고, 포터 씨는 이 어린 남자아이의 아버지가 아니었으며 이 어린 남자아이의 아버지는 앤티가 세인트존스시의 세련된 장의사였는데, 포터 씨는 자기 아들을 사랑했고, 그의 아들의 아버지는 죽은 자들을 관리하는 사람이었고 포터 씨는 아들을 모든 자식 가운데 가장 사랑했고 그의 친자식은 모두 여자아이였고 그는 그 모든 여자아이의 아버지였으나 그들을 사랑하지 않았고, 오직 아들만을 사랑했는데 그 아이의 진짜 아버지는 세련되고 평판 좋은 장의사였다. 그리고 이본은 제 아이들을 유아차에 태워 동네 그늘진 곳을 돌아다니며 자랑했고, 불꽃나무의 꽃이 만발하여 나무에 꽃만 달린 것처럼 보일 때면 아이들을 데리고 이스트 스트리트를 산책했고, 유아차를 밀며 식물원을 거닐다가 인도고무나무에서 멈춰 쉬곤 했는데(하지만 그녀는 쉴 필요는 전혀 없었다), 그 인도고무나무 식물 표본은 제 원산지에서 너무나 멀리 떨어져 있었고, 유아차와 커튼과 그녀 집 창문의 판유리, 그리고 슐 씨와 바이쳉거 박사도 마찬가지였다.

오, 생명을 본다는 것, 갓 태어나 너무나 작고 상처받기 쉽고, 갓 태어나 만지기에도 맛보기에도 너무나 부드럽고 감미롭고, 갓 태어나 날개가 없으면서도 날고 있으며, 갓 태어나 이 세상의 어엿한 일부이면서도 매인 곳 하나 없는 생명을. 오, 새롭게 갓 만들어져 생을 고스란히 앞둔 인간을 본다는 것, 생은 정성스레 짜인, 씨실과 날실이 완벽하게 교차하는 두툼한 리넨 두루마리이고, 이 정성스레 짜인 리넨 두루마리는 어느 모로 보나 얼룩 하나, 더러움 하나 없고, 이 천은 한 마씩 풀려가면서, 펼쳐지면서 사랑과 즐거움과 만족을 이루는 이미지들로 채워지고, 슬픔과 실망과 고통조차 이 사랑과 즐거움과 만족의 한 형태에 불과할 정도인데, 세상 전체가 꼭 이런 식으로만 이루어져 있다면 얼마나 감당할 만하고 받아들일 만하겠는가, 세상이 깨끗한 천이 둘둘 말린 커다란 두루마리라면, 그것은 점점 풀리고, 풀릴 때마다 사랑과 기타 등등의 이미지로 채워지다가 결국 두루마리는 끝나고, 여러 마가 풀린 후 잘리는 것이 아니라 그저 끝이 나고, 한 생의, 갓 태어났을 때 보인 그 생의 기반을 이루었던 기둥에는 아무것도 남지 않는다. 그리고 포터 씨, 내 아버지는 그때조차 확실성으로 그의 아버지인 너새니얼 깊은 곳에 자리 잡고 있었고 그의 어머니인 엘프리다 로빈슨 깊은 곳에 자리 잡고 있었고, 나는 그들 안에 한층 깊이 자리 잡고 있었다. 그리고 너새니얼과 엘프리다에게서 포터 씨가, 다음으로 내가 나왔고, 천 두루마리는 계속해서 풀리고 누구도 그것을 자르지 않았고 천은 아직도 다 끝나지 않았으니, 어머니의 심부름으로 내가 필기 용지 한 묶음을 청하러 갔을 때 포터 씨가 나를 문전박대했음에도 나는 읽는 능력과 쓰는 능력을 습득하고야 말았고 이런 식으로 나는 포터 씨를 만들고 또 이런 식으로 포터 씨를 없애기 때문이며, 지금 죽었다는 사실을 제외하면 그는 내가 여기서 그리는 그의 초상에, 그가 나타나는 천 위의 장면들에 영향을 줄 수 없다. 그는 장면들 속 중심인물이다.

그리하여, 그는 1922년에 태어났고 1992년에 죽었으므로, 포터 씨는 인생 중반에 많은 여아들의 아버지였고 단 한 명의 남자아이의 아버지였고 그 아이는 그의 아이가 아니었는데, 진실은,

정확한 사실로는 그 아이의 아버지는 앤티가섬에서 두 번째로 저명한 장의사였고, 루이라는 이름의 그 어린 사내아이는, 그 이름은 왕이었던 누군가에게서 따온 이름이었는데, 뚱뚱하고 게으르고 성격이 나빴다. 그의 진짜 아버지는 포터 씨와 정반대였는데, 포터 씨는 벌레나 땅속에 사는 다른 기생충들의 식사와는 인연이 없었기 때문이다. 그리고 포터 씨는 자기 친자가 아니고 어느 모로도 자신을 닮지 않은 이 어린 남자아이를 사랑했고, 이 아이는 너무나 텅 비어 있어 텅 빔 그 자체조차 들어 있지 않았고, 학교에 다니면서 그가 공을 차면 공은 목표를 빗나갔고, 학교에 다니면서 그의 학업 성적은 언제나 꼴찌 혹은 꼴찌에 가까웠으며 달리기에서 그는 언제나 남들보다 한참 뒤처졌고, 그에겐 고풍스러운 책가방 안에 든든히 쌓인 넘쳐나는 교과서들과 필기 용지가 있었고, 그의 집에는 먹을 것이 충분하고도 남았고 옷에서는 언제나 방금 세탁한 냄새가 났으며 머리칼은 매일 감겨지고 빗질되었고 이 아이의 어린 인생을 이루는 모든 것이 근사하고 겉보기에 완벽했기에, 너무나 근사하고 겉보기에 완벽했기에 그것을 목격하는 이는 누구든, 내가 떠올리는 것은 특정한 사람, 어린아이였던 나, 어린아이였던 나를 바라보는 지금의 나인데, 누구든 갈망을 느낄 것이었고 갈망을 느낄 수밖에 없었다. 그처럼 근사한 인생에 대한 갈망, 그러한 완벽함에 대한 갈망, 그처럼 근사하고도 완벽하게 소속되고 싶은 갈망. 포터 씨는 아들을 몹시 사랑했고 그의 아들 이름은 루이였고 그의 아들은 사실 그의 소생이 아니라 포터 씨의 아내가 낳은 아이일 뿐이었으며 그녀의 진짜 이름은 이본이었고, 루이는 이른 밤에 태어났고 달은 보름달이었고 그 달은 빛으로 충만했고 빛은 하늘로 흘러나와 구름을 물들여서 구름이 사람이 살 수 있는 섬들처럼 보일 정도였는데, 빛이 넘쳐 흐르는 그 달은 자신이 여행하는 길 아래 풍경 전부를 신비롭고 마술적으로 바꾸었고, 그 달은 보름달이었고 빛으로 충만했고 그 러다가 그 달은 점점 작아져 그 빛도 점점 약해졌으며 루이도 그러했으니, 마치 달이, 그가 태어난 밤 우연히 하늘에 있던 그 달이 그의 운명인 것 같았다. 그리고 루이는 마흔다섯 살까지 살았고 중요한 일이라고는 아무것도 하지 않았으며, 그러고는 폐병인지 장관(腸管)의 병인지로 죽었는데 어느 쪽인지 나는 정확히는 모르고, 그가 태어났을 때 떠 있던 달은 졌고 루이도 그와 마찬가지로 다시는 떠오르지 않고 다시는 이지러지지도 않다가, 마흔다섯 살에 캐나다에서 죽었다. 그리고 루이가 죽었을 때는 포터 씨도 죽은 후였고, 죽을 때 포터 씨는 루이가 그토록 빨리 자기를 뒤따라 죽을 거라고는 짐작조차 못 했고, 또 포터 씨가 죽을 때 루이는 자기도 그토록 빨리 죽을 것임을 몰랐다. 그리고 그들의 삶과 죽음을 쓰고 그들의 삶과 죽음에 대해 내가 쓴 것을 읽으면서 나는 내 삶의 끝과 내 죽음의 시작을 알지 못하니, 그것들—삶과 죽음—은 하나로 섞여 있기 때문이다.

그리고 포터 씨는 고통에 몸서리치는 자궁이 없었는데, 그가 남자였기 때문이고, 그는 월경을 하지 않았는데, 그가 남자였기 때문이고, 그는 수정되지 않은 난자를 배출할 때 허리 아래와 골반 위에 통증을 느끼게 하는 난소가 없었는데, 포터 씨는 남자이며 여자가 아니었기 때문이다. 포터 씨는 남자였고 그는 내 아버지였고 나는 그를 전혀 알지 못했고, 한 번도 그를 만져보지 못했고, 하룻밤 자고 나서 혹은 온종일 일을 마치고 나면 그에게 어떤 냄새가 나는지, 혹은 특정한 음식을 먹은 후 그의 입냄새가 어떤지, 혹은 만지거나 냄새 맡거나 보거나 듣는 것과 관련된 평범한 경험을 한 후 그의 표정이 어떤지 전혀 알지 못했다. 나는 거리에서 그를 지나칠 때 나를 무시하던 그를, 필기 용지를 사는 데 필요한 돈을 청하러 간 내 면전에서 문을 쾅 닫던 그를 어렴풋이 기억할 뿐이며, 그에게서 물려받은 나를 가로지르는 줄에 대해서는 확실히 알고 있고, 내게 그어진 이 줄은 나를 그에게 단단히 묶는다. 이 줄이 내가 그에게 속하지 않고, 내가 어떤 남자에게도 속하지 않고, 내게는 아버지가 없고 나의 아버지는 아무도 없으며, 또한 내가 여자이며 여자 계보에서 나왔고 내 어머니에게 그리고 오직 내 어머니에게만 속한다는 것을 보여주기 위함이었음에도.

그리고 포터 씨는 목적을 향해 신속하고 거침없이 나아가지 않았다. 오, 아니, 전혀 그러지 않았다. 포터 씨는 목적을 향해 찬찬히 나아가, 마침내 소유하게 된 세 대의 차 중 하나를 몰고 세인트존스시의 거리를 누볐고, 세인트존스시의 거리를 벗어나 비행기나 대형 선박에서 방금 내린 승객을 이매뉴얼 마을로 태워 갔다가 제닝스와 리베르타와 팔머스와 스위츠와 프리타운과 뉴필드와 베세즈다와 올드로드와 얼링스와 존휴스와 파럼을 지나 반즈힐과 시더그로브와 테이블힐고든까지 갔다가 올세인츠로드의 집으로 왔고 그 집에서 그는 아내 이본과 사실은 그의 아들이 아닌 루이 그리고 다른 아이와 함께 살았는데 그 아이는 여아였고 그에겐 여아가 하도 많았으므로 그 아이는 조금도 중요하지 않았다. 내 어머니가 배 속에 7개월 된 나를 데리고 포터 씨가 삼베 주머니에 넣어 함께 자는 침대 매트리스 아래 끼워두었던 저축한 돈 전부를 챙겨 그를 떠난 이후 그는 슐 씨의 차고에서 맨 처음부터 다시 시작했고, 그 사건 이후, 내 어머니가 그를 떠나며 그에게 귀중한 것 전부를, 특히 그의 돈, 그의 미래였던 돈을 모조리 훔쳐 간 이후 그는 출근 첫날인 것처럼, 해본 적 없는 일인 것처럼, 새로운 일인 것처럼 슐 씨의 차고에 출근했고, 그는 일하고 또 일해서 돈을 저축하여 자기 소유의 차를 샀고 거기서 나온 수익으로 차를 한 대 더 사고 운전사를 고용했고 거기서 나온 수익으로 차를 한 대 더 사고 운전사를 한 명 더 고용했고, 그는 한 번도 자기가 슐 씨를 흉내 내고 있다고는 상상하지 않았고, 슐 씨의 인생은 한 번도 그의 상상 속에 들어오지 않았는데, 포터 씨는 막연하게나마 슐 씨가 세상을 돌아가게 하는 것이 아니라 세상이 돌았고 슐 씨는 세상 속 제자리에서 몰려난 것임을 알았기 때문이었다. 다마스쿠스로 가는 길에서, 레바논과 팔레스타인과 대추야자들과 올리브밭들과 기묘한 일들이 너무도 많았던 곳에서. 포터 씨가 생각하기에는 그랬다, 기묘한 일들이었다.

그리고 포터 씨는 죽음을 향해 신속하고 거침없이 나아가지 않았고, 슐 씨 밑에서 일하기를 그만둘 때도 신속하고 거침없지 않았다. 그가 내 어머니, 애니 빅토리아 리처드슨을 만난 것은 슐 씨의 집에서였고, 어머니는 그 집에서 보모로 슐 씨의 아이들을 돌보았다. 그중 한 여자아이의 이름이 일레인이었고, 내 어머니는 이 작은 여자아이에게 세상을 바꿀 수 있는 자기 힘을 보여주기 위해 자기가 아이를, 여자아이를 가질 것이며 일레인이라는 이름을 붙이겠다고 말했다. 그리고 이 일을 전혀 모르는 채로 나는 내 이름을 미워했고 매일같이 이름을 바꿀 궁리를 한 끝에 결국은 그렇게 했다. 그리고 지금 나는 일레인이라는 이름을 미워하지는 않고, 다만 지금은, 심지어 지금도 여전히 나를 그렇게 이름 지은 사람을 미워하고, 그 사람은 지금 죽었다. 내 어머니는 죽었다. 그리고 어머니는 80년이나 살았음에도 신속하고 거침없이 자신의 죽음을 향해 나아갔다.

그리고 지금 나는 둘 사이에 일종의 로맨스가 있었을까 궁금히 여기고 그 답은 '그렇다'라고 상상할 수 있는데, 나는 내 어머니의 길고 검고 윤기 나는 아름다운 머리카락, 전부 틀어 올려서 머리

꼭대기에 핀으로 고정하여 빵 덩어리처럼 머리에 얹은 머리카락을 볼 수 있기 때문이며, 내 아버지, 그러니까 포터 씨가 그 단단히 틀어 올린 땋은 머리에 비친 자기 얼굴을 보고 거기에 비친 자기 모습을 사랑하고 자기 모습을 비추어 자신을 마주 보게 한 대상을 사랑하는 것을 상상한다. 그리고 나는 둘 사이에 사랑이 있었을까 궁금히 여기고 그 답은 '아니다'일 텐데, 내 어머니는 그 무엇에도 굴복하지 않았을 터이고, 온갖 혼란과 요구 사항과 예측 불가능성을 지닌 사랑에는 특히 굴복하지 않았을 것이기 때문이며, 포터 씨는 누구도, 자기 소유인 이는 누구도 사랑할 수 없었기 때문이다. 그는 루이를 사랑했으나, 루이는 그의 친아들이 아니었다.

오, 밤은 어찌나 천천히 내리는지, 밤은 어찌나 가만가만 시작되는지, 밤은 해가 평소와 같은 자리, 하늘 높이 한가운데 떠서 그림자조차 창백해지도록 가차 없이 환히 빛날 때 시작되기 때문이다. 밤은 한낮에 시작된다. 그리고 나는 서른세 살이었고 북위 30도와 45도 사이에 있는 도시에 살고 있었다. 그리고 내 인생은, 그때 내가 보기에는 터널 안에 있었고 격하게 타오르는 불길에 휩싸여 있었으며, 탈출구는 없었다. 그리고 그 시절 나는 재를 향해 밀려드는 깜부기불처럼이 아닌 불꽃에 휩싸인 굵직한 장작처럼 빛을 내며 타올랐다. 그리고 포터 씨는 내게 그어진 그의 줄과 더불어 내 인생 위를 맴돌았고 나는 살아 있었고 오랫동안, 그의 상상을 뛰어넘을 만큼 오랫동안 살아 있을 예정이었다. 그리고 그때, 내가 서른세 살이고 적도 이북의 온대 지방에 살고 있을 때,

그는 죽어가는 곤충이 뜨거워진 유리 표면에 이끌리는 것처럼 혹은 죽어가는 곤충이 고인 물의 잔잔한 수면에 이끌리는 것처럼 내 인생에 들어왔다. 그는 그때 죽어가고 있었고 나는 내가 태어난 곳과 멀리 떨어진 장소에서 편안히 살고 있었다. 하지만 그가 죽어가고 있음을 내가 어찌 알았으랴, 그는 내게 말하지 않았고, 자신도 그 사실을 몰랐는데. 그리고 포터 씨와 내가 서 있는 방에는 창문이 세 개 있었고 방은 집에 있었고 그 집에는 방이 많았고 각 방에는 창문이 적어도 두 개, 더러는 세 개, 더러는 네 개 있었으나, 각 방은 내가 사는 집 전체의 일부였다. 그리고 나는 서른세 살이었고, 그때 내 인생은 그 기원인 포터 씨와 내 어머니 애니 빅토리아 리처드슨과 슐 씨와 바이쳉거 박사로부터 멀리 벗어나 있었는데, 바이쳉거 박사는 소아 질환에 대해서 아무것도 몰랐음에도 내가 장티푸스와 백일해에 걸렸을 때 나를 치료해주었다. 그가 받은 교육은 정신과 의사가 되기 위한 교육이었지만 앤티가에는 정신과 의사 같은 것은 들어본 사람조차 없었다. 그리고 내 인생은 포터 씨로부터, 그를 통해 부계의 유산을 주장하려는 나의 적법하지 않은 요구로부터 멀리 벗어나 있었다. 방에는 빛이 가득했는데, 그 빛은 자연의 빛이 아니었고, 해가 평소와 같은 자리, 하늘 높이 한가운데 떠서 그림자조차 떨게 할 정도로 가차 없이 환히 빛나며 내는 빛이 아니었다. 방을 채운 이 빛은 두려움과 불신과 분노와 실망과 소수의 질문으로 이루어져 있었다. 왜인가?

소수가 다수보다 나을 테니까. 하지만 그 무엇도 너무 오래 순조롭게 이어지지는 않고, 순조롭지 않음 그 자체도 마찬가지인데, 그렇기에 두려움과 그 외에 불편함을 유발하는 다른 것들로 이루어진 빛은 사라졌고, 포터 씨는 나를 보고 자기 여아들은 모두 코가 자기와 똑같음을 깨달았다고 내게 말했고, 내 여아들은 모두 나와 코가 똑같아 하고 말했고, 그때 불현듯 내게는 일련의 얼굴들이, 무수한 얼굴들이 아닌, 한 벌을 이루는 얼굴들이 보였고, 그들의 눈은 감겼고, 입은 꼭 다물렸고, 콧구멍, 두 개의 작은 구멍은 일종의 영원을 들여다보게 해주듯 열려 있었다. 그리고 포터 씨는 이렇게 말했다. 나를 보고 그의 여아들은 모두 그와 코가 똑같음을 깨달았다고, 그러자 내 코, 내게 아무런 중요성도 없게 여겨졌던 내 코는 내 얼굴이라는 기반에 서서 별안간 산처럼 솟아났고, 내 얼굴이라는 작은 영역의 다른 면모를 모조리 압도했고, 내 얼굴은 더 이상 존재하지 않았는데, 그건 그 순간만이었고, 포터 씨가 내 코를 통해 내가 자기 자식임을, 자기 여아임을 알아보았다고 말하는 그 순간 동안만이었으며, 사실 그의 자식은 여아뿐이었다.

그리고 왜 눈은 아닌가, 그때 그리고 지금조차 나는 속으로 말한다, 왜 눈은 아닌가, 눈은 때로 영혼으로 통하는 길이 되어준다고 하는데, 그리고 왜 귀는 아닌가, 귀는 때로 영원한 천상으로 들어가는 길이 되어준다고 하는데, 그리고 왜 입은 아닌가, 입은 때로 상상된 세상, 마음의 눈에 담긴 세상이 말을 통해 생명을 얻게 해주는 도구라고 하는데. 그러나 포터 씨는 오직 냄새 맡는 도구를 통해서만 제 자식들을 알아볼 수 있었고, 그 자식들은 전부 여자였고 서로 잘 알지 못했고, 오직 포터 씨만이 그들의 코를 만들 수 있었고 오직 그를 통해서만 그리고 그로써만 그들은 자신들이 있는 세상을 이해할 수 있었다. 그리고 내가 살아 있어서, 그리하여 포터 씨에게 내가 그의 것이고 내 코가 그의 것이고 내가 코를 통해 그의 것이라는 말을 듣게 되어서 나는 얼마나 기뻤으며, 그가 나를 보았거나 들었거나, 어떤 식으로든 나를 만졌거나 맛보았거나, 나를 맛본다는 일은 있을 수조차 없었겠지만, 그러했을 경우보다 이는 얼마나 더 중요했던가, 그리고 그는 자기 코와 비슷한 코를 통해 자기 여자 자손들을 모두 알아볼 수 있다는 깨달음과 발견으로 금빛 황홀경에 빠져 빙빙 돌았다. 그리고 빛은 흐려졌고 그러다가 어두워졌고 그러다가 완전히 사라졌는데 그건 내가 그 와중에 내 목소리를, 거기 있었고 모든 것을 지배했고 사라지지 않을 내 코가 아닌 내 목소리를 찾았기 때문이었고, 나는 포터 씨에게, 그때 내가 살던 여러 방 중 하나에 불과한 방 안에서 내 맞은편에 서 있던 포터 씨에게 말했다. 내가 당신을 뭐라고 불러야 하죠? 내가 당신에게 어떻게 말을 걸어야 하나요? 내게 당신의 이름은 뭔가요? 당신의 관심을 원할 때 어떻게 하면 관심을 받을 수 있죠? 그리고 나는 이런 직설적인 투로 분명하게 물었다.

내가 무엇으로서 당신을 불러야 하죠?

　그리고 그 질문 자체, 내가 무엇으로서 당신을 불러야 하죠?라는 질문 자체는 하나의 세상뿐 아니라 행성의 공전 체계 전체를 재배열한 것 같았으니, 이 단순한 언명으로, 그것은 질문이 아닌 언명이었으므로, 나는 그가 그 모든 여자아이에게 무엇이며 그 자신에게 그가 무엇이며 그 방, 온대 지방의 도시의 집에 있는 여러 방 중 하나인 그 방 안에 내 앞에 서 있을 때 그가 내게 누구냐는 문제를 제기했기 때문이다. 그리고 내 코는 내 얼굴에 있었고 내가 무엇으로서 당신을 불러야 하죠?라는 말은 내 입안에 있다가 내 입술에 올랐다가 우리 사이에 떠 있었으며 우리를 둘러싸고 있던 공기 중으로 나왔고 돌연 나는 날개 달린 포유류에 대한 공포에 사로잡혔고 그것은 설명할 수 없는 공포였는데, 나는 도시에 있었고 낮이었으며, 밤중에 지도에도 없는 숲에 있는 게 아니었기 때문이다. 그리고 그 순간, 분노가 자연의 예측할 수 없는 힘처럼 내 안에서 솟구쳐야 했을까, 나는 내 아버지가 죽기를 바라야 했을까, 단순한 바람을 넘어 그에게 다가가 목을 움켜쥐고 그의 몸이 내 발치에 축 늘어질 때까지 졸라야 했을까, 그를 창밖으로 내던지고는 그가 화려하고 생명 없는 피와 조직과 뼈의 웅덩이가 되어 보도에 널린 모습을 보아야 했을까, 그가 다른 곳에 있기를, 다른 것이기를 바라고 그 순간 나와 아무 관련 없기를 바라야 했을까?

그리고 나는 정말로 그가 죽기를 바랐고 그가 죽기를 원했고 내 과거, 현재, 미래의 순간들에 그가 부재하기를 원했으나, 그는 그때 죽지 않았고 나는 다시는, 두 번 다시는 그를 보지 못했고 그 후 그는 죽었다.

　그리고 그는 그때 영원히 내 인생에서 떠났고, 그의 등은 내가 살던 집 문을 지나 사라졌고, 그의 등은 내가 살던 집이 있던 거리 끝으로 사라졌다. 그리고 그의 출현은 그의 부재와 마찬가지여서 내 수면(水面)을 흐트러뜨리지 않았고, 자잘한 물결 정도도 일으키지 않았고, 내가 그 존재를 인식하지 않을 때는 작지만 인식할 때는 큰, 빈 공간만을 내 내면에 남겼다.

그리고 포터 씨는 그의 인생으로, 그의 인생의 매끄러운 일상성으로, 그 평범함으로 돌아가 숨을 들이쉬었다가는 내쉬었고, 셔츠를 입으려고 머리 위로 잡아당겼다가는 입었던 셔츠를 벗으려고 머리 위로 잡아당겼고, 그의 앞에는 그가 가장 좋아하는 식사가 차려졌고 그는 먹었고 북아메리카 어딘가에서 만들어진 차를 타고 세인트존스의 거리를 누볐다. 차는 여전히 그에게 몹시 마술적인 것처럼, 어떻게 차라는 것이 되었는지 전혀 드러내지 않으면서 원래부터 차였던 듯 완전한 모습으로 나타난 것처럼 여겨졌다. 그리고 포터 씨의 인생도 그에게 그와 비슷했다. 이따금은, 만일 그가 생각해보았다면, 이따금은 그의 인생도 차와 마찬가지여서, 어딘가 다른 곳에서 만들어져 마술처럼 난데없이 나타났으며 어떻게 그렇게 되었는지 전혀 드러내지 않았다. 그에게 그의 인생은 이따금 그렇게 느껴졌으나, 그는 읽을 줄 몰랐고 쓸 줄 몰랐고 그의 인생 전부와 그의 감정 전부는 캡슐에 갇혀 있었고 때때로 그는 희미한 빛 속에서 얼핏 그것을 볼 수 있었고, 확실하게 볼 수 있었다가 또 확실함의 정반대로 보곤 했다. 그리고 그는 읽을 줄 몰랐고 쓸 줄 몰랐고 그의 인생은 잠잠히 놓여 있었는데, 그는 전쟁을 일으키거나 격렬한 전환을 불러올 사건들을 일으킬 수 없었기 때문이다. 그는 여자인 자식들을 만들었고 그들은 모두 그의 코와 닮은 코를 지녔다.

그리고 세상의 모든 은빛 황혼은 포터 씨의 머리 위에 내리지 않았고, 세상의 모든 은빛 황혼은 포터 씨의 어깨에 내리지 않았고, 그는 내가 나왔던 세상으로, 내가 알지 못했고 그렇기에 지금까지도 여전히 갈망할 수밖에 없는 세상으로 물러났고, 그는 그가 나왔고 매우 잘 아는 세상으로 물러났고, 그 세상은 그의 딸들이 잉태된 침대보다 더 넓은 뒷좌석을 가진 자동차들을 운전하는 세상이었고, 이 자동차들은 포터 씨가 알지 못했던 형태의 편안함을, 완전히 다른 것을 생각하면서, 가는 길과 아무 상관 없는 생각을 하면서 한 장소에서 다른 장소로 이동하는 편안함을 안겨주었다. 그리고 포터 씨는 자기만의 세상으로 즉 그의 인생으로 물러났고, 세상으로부터, 크고 중대한 것으로 이루어진 세상으로부터 등을 돌렸다. 그것은 공유된 공통점, 즉 평범한 것에 대한 사랑이었는데, 가령 코의 모양이 어쩌하든 그가 자신의 친자식에 대해 느끼는 사랑, 그리고 매일 머리 위에서 빛나는 해와 생계를 유지할 수확물을 내놓으라고 강제할 수 있는 발밑의 땅과 그 사이 그가 실제 살아가는 대기에 대한 사랑이었다. 그리고 포터 씨는 혼잣말로 에, 에 하고 말했고, 포터 씨는 가끔 소리 내어 "에, 에" 하고 말했다.

그리고 마켓 스트리트를 걸어가던 어느 날, 어느 휴일, 포터 씨의 기나길고 압도적이었던 종속의 역사에서 중대한 의미를 가지는 사건을 기념하기 위해 지정된 특별한 날, 포터 씨는 위를 보았고 슐 씨가 그의 집 베란다에서 그를 내려다보고 있었고, 슐 씨 곁에는 그의 아내, 슐 씨와 마찬가지로 레바논 혹은 시리아 혹은 그 근처 어딘가에서 온 여자가 있었고, 그녀 역시 자연이나 그녀가 사랑하는 누군가가 일으킨 것이 아닌 어떤 재난을 겪고 이곳 앤티가에 오게 된 것이었고, 그녀와 슐 씨와 그들의 자녀들, 특히 일레인이라는 이름의 아이는 포터 씨를 내려다보고 포터 씨는 그들을 올려다보아 그 모든 시선이 마주쳤는데, 무슨 천체의 정렬처럼 그랬던 것은 아니고 그 정반대로, 무작위적이고 사악하고 목적 없이 마주쳤다. 그리고 포터 씨는 계속 걸어갔고 그의 곁에는

한 여자가 있었고 그 여자의 직업은 간호사였고 그녀는 자신의
의지대로 아이를 가질 수 없었다. 그리고 그가 어떻게 걷고 걷고
또 걸어 자신의 인생을 몇 번이나 헤쳐나갔는지. 그리고 다시 올
려다보았다가 그는 바이쳉거 박사를 보았고, 그의 아내, 역시 간
호사였지만 잉글랜드 출신인 여자가 그와 함께 있었으나 그들에
겐 남자아이건 여자아이건 아이라곤 없었는데, 그건 그 둘이 불
임이었기 때문인지 혹은 그러기로 결심했기 때문인지 나는 알지
못한다. 그리고 뉴게이트 스트리트 중앙은 마켓 스트리트가 끝나
는 곳이었고, 이 연결 지점 위에 성공회 대성당이 서 있었는데 이
건물은 포터 씨가 자기 조상들의 기원을 찾을 수 있었던 아프리
카 노예들의 손에 지어졌고, 탑에는 네 면이 북쪽, 남쪽, 동쪽, 서
쪽을 향한 시계가 있어, 대성당은 마치 동시에 시간을 붙잡았다
가 풀어주는 것처럼 보였으나, 시간이 붙잡혔다가 풀려난다는 이
개념에 포터 씨는 아무런 관심도 없었는데 그가 혼자라는 이유
하나만으로도 그랬다. 붙잡혔다 풀려나고, 풀려났다가 붙잡히는
시간의 정의. 그리고 바이쳉거 박사, 그의 이름은 졸탄이었고 사
무엘 역시 그의 이름이었는데, 그는 종종 그 시계 그늘에 때로는
혼자, 때로는 아내와 함께 있었고, 네 면이 각각 지구 구석구석을
향한 그 시계는 시간을 기록하는 다른 기구, 수도 런던에 있는 빅
벤이라는 이름의 시계를 복제한 것이었고, 적어도 바이쳉거 박사
는 그렇게 생각했고, 하지만 포터 씨는 그렇게 생각하지 않았고,

슐 씨는 오직 다마스쿠스로 향하고 다마스쿠스에서 멀어지는 길만 생각했다.

그리고 네 면이 각각 지구 구석구석을 향한 크고 웅장한 그 시계는 매시를 치며 시간이 지나감에 따라 시간을 표시했고, 매시의 끝은 다음 시의 시작이었고, 시계는 노예들의 손에, 포터 씨의 조상들 손에 완공된 그날부터, 몇백 년 전부터 그렇게 해왔다. 그리고 시간은 바이쳉거 박사의 적이었다. 과거는 확실히 그랬고 미래는 어떻게 될지 그는 알 수 없었다. 그리고 포터 씨의 일생은 1492년에 시작되었으나 그는 1922년 1월 7일에 태어났고, 그의 어머니는 잉글리시하버에 사는 엘프리다 로빈슨이었고 아버지는 역시 잉글리시하버에 사는 너새니얼 포터였고, 그의 어머니가 그를 세상에 내놓을 때 도운 조산사는 유델 간호사라는 이름이었다. 그리고 이 사소한 인생의 이 사소한 서사 내내 요란하고 무정하게 울리는 성당 종소리가 있었고, 이 요란함과 무정함은 성당과 시계와 종 건축을 명한 사람들과 성당과 시계와 종 건축을 한 사람들에게 어쩌나 큰 놀라움이었는지 이 두 부류의 사람들은 그 무정한 요란함을 종소리라 부르기로 의견 일치를 보았고 성당 종들이 시간을 알리는 종소리는 결국 거대하고 영원한 침묵의 일부가 되었다. 그리고 포터 씨는 그의 불가피한 끝을 향해 급히 서둘러 혹은 거침없이 나아가지 않았고, 다만 끝은 너무나 불가피하고, 그의 끝은 회피할 수 없었고, 그럼에도 시계―대성당 꼭대기에 있는, 네 면이 있고 각 면이 지구의 한쪽 구석을 향하는 그 시계라고 하자―에 갇힌 시간들처럼 매시의 끝은 다음 시의 시작이고, 그의 끝에는 시작이 있고 그 시작은 저마다 그와 닮은 코를 지닌 작은 여자아이들 안에 있고, 그중 하나는 읽을 수 있고 쓸 수 있고 어쩌면 이 아이가 거대하고 영원한 침묵으로부터 그를 빼낼 것이다.

그리고 포터 씨는 누군가 그를 도와 "'내 응접실로 들어오지 않겠니', 거미가 파리에게 말했습니다"라고 시작하는 동요의 뒷부분을 암송하게 하려고 애썼던 일을 되새기고 있었다. 그건 동요였다, 그러니까 아이들을 위한 것이었는데, 포터 씨는 생각했다, 아이라니! 하지만 그는 결코 아이였던 적이 없었고, 언제나 포터 씨였다(그는 말했다, "내 이름 드리키, 알지, 내 너한테 말하는데, 내 이름 드리키야"). 응접실! 거미! 파리! 내일은 오늘과 똑같다, 이는 포터 씨에게 세상을 구성하는 근본적인 방식이었다. 내일은 좋게, 나쁘게, 그게 뭐가 됐든 오늘과 똑같이 지속되겠지, 이는 바이쳉거 박사에게 세상을 구성하는 근본적인 방식이었다. 내일, 내일 하고 슈 씨는 말했지만, 그는 갑자기 죽었으므로 포터 씨의 안중에 없었고 그의 장례식은 볼만한 구경거리였다. 그의 관을 실은 영구차를 따르는 행렬이 1마일 정도 늘어섰고, 그 대부분은 슈 씨가 천이나 알루미늄 팬이나 대야나 컵을 팔았던 이들, 슈 씨가 자신들의 인생을 더 낫게 해주었다고 느낀 이들이었지만, 그는 그들의 인생을 더 낫게 해주지 않았고, 그라는 매개체를 통해 그들은 자기 인생이 나아졌다고 느꼈으나 그들의 인생은 똑같고, 똑같고, 똑같고, 언제나 똑같았으니, 인생은 그런 식이기 때문이다. 똑같다. 그리고 죽어서 누운 슐 씨와 하나가 된 붉은 점토는 다마스쿠스와 그리로 향하는 길과 거기서 멀어지는 길에 무심했고, 죽어서 누운 바이쳉거 박사를 둘러싼 똑같은 앤티가의 붉은 점토는 질감이 재와 매우 달랐다. 그리고 바이쳉거 박사는 한때 재만 남기 직전까지, 그에게서 남은 거라곤 재뿐이기 직전까지 갔었다. 그리고 바이쳉거 박사 역시 죽었으나 그에겐 긴 장례 행렬이 뒤따르지 않았는데, 그가 그들의 인생을 더 낫게 해주었음에도, 그들이 아플 때 치료해주었음에도 그의 환자들은 그를 좋아하거나 사랑하지 않았기 때문이었고, 그 덕분에 나은 이 누구도 그가 죽었을 때 애도하지 않았다. 그들은 다만 그가 그들이 풍기는 냄새가 마음에 들지 않고 손톱 밑에 낀 때가 마음에 들지 않고 머리칼이 마음에 들지 않고 그들의 존재 자체가, 그들이 너무나 취약하면서도 집요하게 살아남았으므로 마음에 들지 않는다고 말했던 것을 기억할 뿐이었다. 그리고 그들의 집요함이 그에겐 얼마나 거슬렸는지. 바이쳉거 박사는 몹시 취약했고 그가 그 속에서 죽은 따스한 점토는 재와 정반대였으니, 모든 것은 똑같으며 그럼에도 모든 것은 똑같음을 거부하기 때문이었다. 바이쳉거 박사의 아내가 죽고, 그의 간호사도 죽었다. 그의 아내와 간호사는 같은 사람이었고 세상에서 그녀의 존재는 몹시 평범하고 몹시 평범하고 또 몹시 평범하여, 관찰당하는 중에는 번영하지 못한다. 그리고 포터 씨는 그 자신의 끝을 향해 급히 나아가지 않았다.

포터 씨가 죽었을 때, 그의 죽음에는 자연재해가 겹쳤다. 비가 내렸고, 하늘에서 쏟아지는 비는 처음에는 좁은 틈이었던 것이 넓어지고 넓어지다가 결국 머리 위에 하늘은 없고 태양만이 있어 저 자신을 비워내는 것 같았고, 그 내용물은 포터 씨의 죽음과 그의 죽음에 관심이 있는 모든 이 위로 쏟아졌다. 나는 그의 죽음에 관심이 없었고, 그가 살아 있었다는 사실도 최근에야 알았을 뿐이었다. 포터 씨는 죽었고, 그는 몇 번이고 죽었고, 또 그는 단 한 번, 모든 사람이 그러듯, 그냥 죽고, 죽고, 죽었다. 그는 죽었다. 그리고 비는 내리고 또 내렸고 내 아버지의 시신은, 포터 씨는 내 아버지였으므로, 반스 씨의 장례식장에, 창문은 전혀 없고 문 하나를 통해 산 자와 죽은 자 모두가 들어오는 집에 누워 있었다. 그리고 반스 씨는 포터 씨의 유일한 아들의 친부였고 그 아들은 포터 씨의 장례식에 참석하지 않았고, 그의 이름은 루이였고 그때 그는 캐나다에 살았으며 결국 캐나다에서 죽었고, 죽음이라는 이 궁극적 결말 앞에서 모든 이는 그리고 모든 것은 얼마나 무력한가. 그리고 그의 여아들은 모두(나는 그 자리에 없었다) 그를 둘러싸고 모였고, 그들의 코는 모두 모양과 색이 같았고, 그들은 그를 쳐다보고 또 쳐다보며 인정의 증표를 찾았으나, 그는 죽었고 그의 코는 더 이상 그들과 닮지 않았기에 그는 아무런 증표도 줄 수 없었다. 그는 아무런 특징이 없었고, 죽은 자들이 그러하듯 아무런 특징이 없었고, 오직 산 자만이 죽은 자를 이해할 수 있으며 죽은 자는 산 것을 전혀 이해하지 못한다. 그리고 포터 씨의 딸들은 그를 전혀 이해할 수 없었다.

포터 씨는 너무나도 자기 자신 안에, 그 자신의 모든 한계와 더불어 갇힐 운명이었고, 그의 모든 경계선에는 제한이 없었다. 그는 슐 씨의 차고로 걸어서 갔다가 돌아오는 자신을 상상하며 자기 자신의 걸음걸이를 좋아할 운명이었다. 그는 자기 앞에 나타나는 자신의 여아들의 코를 좋아할 운명이었고, 직접 그들을 찾아냈을 때도, 애초에 그들의 존재를 알고 싶지 않았을 때도 그랬다. 그리고 포터 씨는 언제나 그 자신이었고, 그는 언제나 포터 씨였고, 그가 죽었을 때 여러 날 동안 비가 왔고, 우연히도 비는 여러 해에 걸친 가뭄 후에 왔고, 그의 관이 땅속으로 내려지려는 순간, 그가 지상에서 영원히 사라지고 그와 더불어 일말의 희망도, 그의 사랑의 일말의 증거도 사라지려는 순간 그의 무덤 주변에 모인 사람들은 다툼을 벌였다. 그리고 그들은 그의 사랑을 두고 다투었는데, 그의 사랑을 두고 그들이 보여줄 것은 그들의 코뿐이기 때문이었다. 그리고 비는 그의 장례식 날 종일 내렸고, 몹시도 사납고 줄기차게, 마치 그때부터 세상은 오직 그것으로만, 비

와 비와 비로만 이루어지리라는 듯이 내렸고, 물은 6자 깊이의 구
멍에, 포터 씨의 무덤이 될 자리에 차올랐고 뭔가의 시작인 듯, 새
로운 세상의 시작인 듯 거기 머물며 기다렸으나, 그건 포터 씨의
무덤일 뿐이었고 그의 매장은 연기해야 했는데, 무덤 파는 인부
들이 무덤 속에 찬 물을 밤이 되기 전에 전부 퍼낼 수 없었기 때문
이었다. 포터 씨가 죽었던 날은 해가 언제나 하늘 한가운데 떠 있
던 날과는 완전히 반대였다. 해는 가려져 있었고, 영원히 내리는
비의 대야에 가려져 있었고, 그 대야는 우연히 뒤집혔다.

　어미 닭이 지나치게 살찐 벌레를 보고는 제 병아리들의 영양분
이 될 것을 알고 만족스레 꼬꼬댁거리는 소리를 다시는 듣지 못
함은 얼마나 슬픈가. 지평선이 시작되고 끝나는 곳 앞에서 하늘
의 아치를 우아하게 장식하는 무지개를 다시는 보지 못함은 얼
마나 슬픈가. 여자 가슴 맨 위의 빛나는 둔덕을 다시는 보지 못함
은 얼마나 슬픈가. 눈을 들어 빈틈없이 파랗고 파랗고 또 파란 하
늘을 보고, 파란색은 하늘이 습기 머금은 구름에 저항하고 있다
는 신호임을 알 일이 다시는 없다는 것은. 자기 이름이 불리는 소
리를 다시는 듣지 못함은 얼마나 슬픈가. 고개를 들어 당신이 알
아보는 누군가, 사랑하거나 사랑한다고 생각했던 누군가, 당신에
게 정말로 소중한 누군가, 혹은 코 모양이 당신과 꼭 닮았기에 소
중한 사람임을 아는 누군가의 얼굴을 다시는 보지 못함은 얼마
나 슬픈가. 서늘하고 컴컴한 밤에 날개 달린 포유류가 제 길을 가

는 모습을 다시는 보지 못함은 얼마나 슬픈가. 발에서 신발을 벗으며 자기 발가락을 다시는 만지지 못함은 얼마나 슬픈가. 적막함에서 혹은 외로움에서 혹은 인정의 뜻에서 혹은 기쁨에서 혹은 그런 몸짓이 순전히 공허함을 알면서도, 다시는 자기 팔로 자기 몸을 끌어안지 못함은 얼마나 슬픈가. 고개를 들고 머리 위에 광활하게 펼쳐진 끝없는 허공과 당신이 다시는 그 위에 서지 못할 땅의 겉보기뿐인 한계를 다시는 보지 못함은 얼마나 슬픈가. 해가 때로는 붉게 변하고 때로는 사라지는 것을 다시는 보지 못함은 얼마나 슬픈가. 다른 사람을 허물없이, 생각 없이, 이유 없이, 합리적인 사유 없이 만지고 그와 비슷한 반응을 기대할 일이 다시는 없음은 얼마나 슬프며, 어떤 이유로든 실망하게 됨은 얼마나 슬픈가. 다시는 허허벌판에 서서 밝음으로 가득한, 당신에게 다가오는 무수히 많은 기회가 넘치는 세상을 보지 못함은 얼마나 슬픈가. 당신의 인생과 당신 자신을 아무리 재조정해도 당신은 단 한 번 살고 다시 살지 못함을 아는 것은 얼마나 슬픈가. "그러니까, 나 당신에게 경고해, 나 당신에게 말하는데, 에, 에!" 아직 살아 있고, 죽어서 무력하게 관에 홀로 누워 있지 않을 때, 알몸이 새것인 흰 리넨 양복에 감싸여 매장(埋葬)에 걸맞은 옷차림을 하고 있지 않을 때 포터 씨는 그렇게 말했다. 하지만 죽고 나자 그는 아무 말도 하지 않았고, 슬픔이든 그 반대되는 감정이든 그에게서 나올 수 없었다. 슬픔이나 그 반대되는 감정이 그에게 부여되었을지도 모르나, 포터 씨 자신은 죽었고 그런 것을 느낄 수 없었고, 아무것도 느낄 수 없었으니, 그는 죽었기 때문이었다. 그리고 세상 전체와 그 전체를 이루는 개인들은 작고 한층 더 작으며, 얼마나, 얼마나, 인생은 얼마나 슬픈가, 그 영광스러운 시작은 끝이 나고 끝은 언제나, 누가 뭐라고 하든, 슬픔을 불러오기 때문이다.

오, 그리고 당신 머리의 머리카락은 성기어져가고, 피부는 탄탄함과 팽팽함을 잃고, 팔다리를 지탱하던 두툼한 물질은 사라지며, 사건들이 연달아 일어나고 그 사건들 사이에 시간은 흐르고, 그 모든 사건과 그 사이의 시간까지도 기억하지 못하게 된다! 오! 오! 그리고 앤드리나와 일레인과 신시아와 엘프리다 로빈슨과 애니 빅토리아 리처드슨이라는 이름의 여자들과 에마라는 이름의 누군가와 마리골드라는 이름의 꽃과 레이철과 에타와 에스터와 로마와 조슬린과 실비의 얼굴을 다시는 보지 못하고, 이따금 그들에게 필요한 것이 있나 궁금해하고 그러다가 그들에게 필요한 것이 있다는 생각을 떨쳐버리고는 그들의 존재를 완전히 잊는 일도 다시는 없다. 오, 얼마나 슬픈가, 참으로 슬프다! 인생과 그 온갖 잡동사니에서 벗어난다는 것은 참으로 슬프다. 이를테면 같은 모양의 코를 지닌 많은 여자아이들, 슐 씨의 도착과 바이쳉거 박사의 출현, 그 일로 셰퍼드 씨의 존재감은 약해졌고, 동시에 여러 여자의 애정 어린 관심을 받으면서 그들 중 누구도 다른 여자의 존재를 눈치채지 못하게 하는 것. 뜻밖의 사랑, 비탄, 크나큰 상실, 또다시 비탄을 만나기란 너무나 슬프다. 오, 얼마나 슬픈가! 참으로 슬프다! 너무도 슬프다!

그리고 포터 씨의 장례식 날, 비가 내리고 또 내렸다. 하늘에 구멍이 열려 내용물을 그의 무덤에 쏟아부었고 그걸로 충분했는데, 그의 죽음을 기리는 다른 물은 흐르지 않았기 때문이다. 아무도 그의 죽음을 두고 슬퍼하며 울지 않았고 아무도 그가 죽어서 애석해하지 않았고, 그들은 다만 그를 알았던 것을 혹은 그를 사랑했던 것만을 애석해했는데, 그가 그들에게 아무것도 남기지 않았기 때문이었다. 그는 자기 재산과 집과 거액의 은행 예금을 먼 친척에게 남겼는데 그 친척은 너무 작아서 아주 가난하거나 아주 부유한 이들만 살 수 있는 섬으로 이주했었고 때로는 가난과 부유함은 같은 것이다. 오, 죽음의 망각에서 구출되고자 함은 우리 모두가 가장 어두운 한밤중에 부르짖는 외침일 것이나, 누가 들을 수 있으랴, 누가 우리 목소리를 들을 수 있으랴! 그리고 포터 씨가 죽었을 때, 나는 읽을 줄 알았고 그때는 작가가 되어 있었고, 그래서 그의 죽음을 들었을 때 그것을 들은 것은 읽은 것과 같았고, 나는 읽기를 통해 포터 씨가 죽었음을, 내 아버지가 죽었음을 들었고, 내가 흘러나온 수원이 막혔음을 깨달았다. 내 아버지가 죽었음을 말해준 것은 내 어머니였다. 어머니는 말했다. "포터가 죽었다, 그 사람 죽었대, 정말이야, 에, 에, 그렇다니까." 그리고 그 말을 할 때 어머니의 말투는 마치 허리케인이나 지진 같은 자연재해를 묘사하는 것 같았고, 흔하고 일상적인 일을 언급하는 것 같았다. 풀 먹인 흰옷을 말리려고 내놓은 날 해가 비치지 않았다는 듯이. 그리고 살아 있는 내 어머니가 내게 내 아버지가 죽었다는 말을 하는 것을 듣고 내가 얼마나 놀랐는지, 그는 죽었고, 어머니는 한 번도 내게 그가 살아 있다고 말한 적 없었다. 그리고 그때 나는 읽을 수 있었고 쓸 수 있었고 그때 나는 오직 내 어머니에 대해서만 썼고 나 자신에게 그녀의 인생과 그것이 내게 와닿아야 하는 이유를 설명하려 했는데, 내가 살아온 내 인생은 돌이킬 수 없이 어머니의 인생에서 벗어났고 (하지만 그렇게 하는 것은 불가능했고) 그건 자연스럽게 일어나는 일이었기 때문이다.

그리고 포터 씨의 무덤을 팠던 남자 탄탄이 내게 포터 씨의 무덤에서 물을 퍼내려 얼마나 애썼고 그의 노력이 얼마나 소용없었는지 말해주었고, 체념한 나머지 그는 비가 자신에게 그리고 포터 씨의 무덤 안으로 쏟아지는 가운데 그냥 거기 서 있었고, 서 있으면서 균형을 잡으려 한쪽 다리를 다른 쪽 다리 위로 꼬았고 손을 맞잡은 다음 손가락을 단단히, 아플 정도로 단단히 깍지 끼었다가 손깍지를 풀고 손을 양옆으로 늘어뜨리고는 쇠스랑을 몸에 기대 세운 채 그냥 서 있어야만 했고, 포터 씨의 친지들이 서로 험악하게 다투는 모습과 무덤에 물이 차오르고 하늘이 결코 해를 드러내며 개지 않는 광경을 지켜보았다고 말해주었고, 또 탄탄은 죽은 자들은 그를 괴롭히지 않는다고, 그는 그들을 너무나 잘 알고 죽은 자에 대해서는 조금도 신경 쓰지 않는다고, 죽은 자들은 언제나 마호가니나 리기다소나무로 된 관에 들어가 있으며 그는 그들에게 무심하다고 말했고, 그때 나는 그에게 사랑이 당신을 무심하게 만들었다고 말하지 않았고, 그저 고개를 위아래로, 앞뒤로, 동의나 반대를, 한쪽이나 다른 쪽을 표하며 까닥이기만 했고, 나조차도 내가 무슨 뜻으로 그러는지 몰랐다. 그리고 묘지와 매장의 세상에서 탄탄은 자신의 항구가 언제나 수평선에 있는 배처럼 계속 항해했고, 수평선은 으레 그러듯 계속 멀어졌고, 그가 포터 씨와 그의 장례식과 매장을 기억해낸 것은 그저 내가 물어보았기 때문이었는데, 그때 나는 글을 쓰는 사람이었고, 나는 말했고, 말했고, 물었고⋯⋯ 내 말과 질문들에 대한 답으로 탄탄은 실제 사건에서 오랜 세월이 지난 후, 포터 씨가 매장된 장소를 보여주었으나 그가 보여준 것은 그의 무덤이어야 했을 두둑하고 곧게 선 둔덕이 아니라 개미들이 지은 듯한, 혹은 놀이라는 특권을 지닌 아이가 만든 듯한 땅 위의 장소였다. 뭐죠, 나는 탄탄에게 물었고, 얘기해줘요, 나는 탄탄에게 말했다, 내가 보고 있는 게 뭔가요? 그리고 탄탄은 이 매장지가 포터 씨가 묻힌 곳이라고, 공식적인 표지는 없어도, 묘비가 없어도 그는 어쨌거나 기억할 수 있다고, 왜냐하면 포터 씨의 무덤에서 엄청난 소동이 났었고, 포터 씨의 관을 보고 진정으로 울 자격이 있는 이는 누구인가 혹은 포터 씨를 추억하며 울 자격이 있는 이는 누구인가를 두고 논란이 분분했었고, 비가 억수로 쏟아져 포터 씨 무덤의 구멍을 채웠고 그가 무덤에서 물을 퍼내려 했지만 헛수고였고, 그는 관을 관대에 실어 영안실로 옮겨 가 하룻밤 거기 안치해야 했고, 다음 날 아침 일찍, 비가 멎은 후 탄탄 그 자신과 묘지 관리인 텅 씨 단둘이 관 속에 누운 포터 씨의 시신을 땅속에 내렸기 때문이라고 말했다. 그리고 탄탄은 포터 씨를 땅속에 내리기가 얼마나 쉬웠는지, 특히 텅 씨의 도움을 받으니 얼마나 쉬웠는지 혼자 생각했다.

그리고 처음부터 다시 시작해보자. 포터 씨가 세상에 나타난 것은 슬픔과 기쁨의 결합이었고, 그의 어머니(엘프리다 로빈슨)에게는 말 없는 공포의 수렁, 그의 아버지(너새니얼 포터)에게는 무관심이었고, 그의 아버지에겐 아이가 너무 많아 그중 누구도 전혀 중요하지 않았다. 그리고 세상에게 그는 전혀 중요치 않았으니, 세상에는 사람이 가득하고 각 사람은 1분 중의 1초와 같고 1분은 한 시간 안에 있고 한 시간은 하루 안에 있고 하루는 일주일 안에 있고 일주일은 한 달 안에 있고 한 달은 1년 안에 있고 1년은 한 세기 안에 있고 한 세기는 1000년 안에 있고 1000년은 세상 안에 있고 세상은 결국 사각형 액자에 갇힌 사진이 되기 때문이다. 그리고 포터 씨의 출생은 이미 나누인 한순간의 찰나에 맞먹었고 탄탄이 그의 무덤에서 물을 퍼내고 텅 씨가 무덤에서 물을 퍼내는 데 도움을 주러 불려 오는 이 순간을 향해 그는 천천히, 천천히 나아갔고, 그리하여 텅 씨는 주목받지 않는 사소한 어떤 일, 포터 씨의 매장의 증인이 되었고, 그리고 단지 내가 그의 딸이기에, 내가 그와 닮은 코를 지녔기에, 그리고 내가 읽는 법과 쓰는 법을 배웠기에, 오직 그렇기에 포터 씨의 삶은 알려지고 그의 사소함은 중요해지고 그의 익명성은 벗겨지고 그의 침묵은 깨진다. 포터 씨 자신은 아무 말도, 전혀 아무 말도 하지 않는다. 자신의 목소리를 다시는 듣지 못함은 얼마나 슬프며 애초부터 목소리를 갖지도 못했던 것은 얼마나 더 슬픈가.

여기 마지막으로 포터 씨가 있다, 사랑스럽도록 새로우며, 어머니 자궁의 따스함에서 나와 피투성이 점액의 두꺼운 막에 감싸여 있고, 그의 폐를 이루는 연골로 된 뼈대는 확장되어 자연스러운 최종 형태를 갖춘다. 문이나 특정한 악기처럼 열렸다가는 닫힌다. 최초의 진정한 미소가 그의 얼굴에 떠오르고 그건 그의 진정한 어머니, 엘프리다 로빈슨의 얼굴을 알아보았기 때문이다. 멀리서 나는 쿵 소리, 멀리서 들리는 우르릉 소리, 어린 사내아이로 자라난 그에게는 이 모든 것이 무섭고, 이는 모든 인간의 생에 공통적인 일이라고, 변화에는 언제나 쿵 소리와 우르릉 소리가 동반되는 법이라고 설명해줄 이는 아무도 없다. 그리고 이렇다 할 목적지 없이 느릿하게 흐르는 작은 물줄기 같던 그의 인생은 여기서 급커브를 맞이하고, 목적지 없이 태평하게 흐르던 물줄기가 급작스레 가로막혀 강제로 댐이나 저수지의 엄격한 질서를 따르게 된다는 비유가 포터 씨의 현실이 되는데, 그건 어린 시절 어머니 엘프리다가 바다로 걸어 들어갔을 때였고, 그는 두 번다시 그녀를, 그녀의 얼굴이나 다른 어떤 부위도, 꿈에서도, 상상이나 실제의 다른 어떤 상황에서도 보지 못하고, 그는 다시는 그녀를 보지 못하고 여생 동안 상상으로든 실제로든 어떤 형태로든 그녀를 그리워하지만, 결코 스스로가 그 점을 알도록 허락하지 않는다. 그리고 여기, 순진무구하게 잔혹한 사람들 틈에서 억지로 뒹굴어야만 했던 어린 시절의 포터 씨가 있다. 셰퍼드 가족과, 테이블힐고든 마을의 어느 골목에서 우연히 그를 지나치며 인사한마디, 알아보았다는 기색 하나 없었던 그의 아버지 너새니얼. 그리고 여기, 포터 씨는 슐 씨를, 당시 극히 최근에 레바논과 다마스쿠스로 향하고 돌아오는 길에서 쫓겨났었던 슐 씨를 만나고 있고, 그의 택시(그때는 슐 씨의 차였다) 승객이었던 바이쳉거 박사와 그의 아내 메이를 만나고 있고, 그들의 존재는 포터 씨의 마음에 생생히 남았고 죽는 순간까지 그는 바다로 걸어 들어간 어머니 엘프리다와 한 번도 그를 인정하지 않았던 아버지 너새니얼보다 슐 씨와 바이쳉거 박사를 더 완벽하고 더 정확하게 기억할 수 있었다. 그리고 죽는 순간 포터 씨는 그의 여아들, 모두 그의 코와 똑같은 코를 지닌 여아들을 기억하지 못했고, 그들의 어머니들의 이름이나 얼굴은 당연히 기억나지 않았고, 포터 씨는 위대한 사람이 죽듯이 죽었고 평범한 사람이 죽듯이 죽었으니, 사람은 모두 같은 식으로 죽기 때문이며, 그들은 그냥 죽어서, 숨을 쉬지 못하고, 더 이상 일어나서 걷지 못하고, 그들은 죽고, 죽었다. 오, 앤티가섬 세인트존스시에서 성공회 대성당 종들이 울리는 소리를 들어보라, 포터 씨의 끝이나 시작을 알리는 소리이기 때문이 아니라, 그냥 울리는 소리를 듣고 울리는 모습을 보라, 종들이 울린다고 내가 당신에게 말하고 당신은 글을 읽을 수 있으니. 성당 종이 울렸다. 그리고 종은 포터 씨가 태어난 날 울렸고 그의 생의 모든 날 내내 울렸고 그가 죽은 날에도 울렸고, 종은 포터 씨의 오고 감에 무심하게, 그의 오고 감이 슐 씨의 차고와 관련이 있는지, 바이쳉거 박사의 도착과 관련이 있는지에 무심하게 울렸다. 그때 그는, 바이쳉거 박사는 열 번의 인생분의 공포에서 살아남은 후 한 번의 인생분의 평범하고 일상적인 공포를 겪으며 살았으니, 다시 말해 그는 매일 아침 침대에서 기어 나왔고 매일 밤이 시작될 때 다시 침대로 기어 들어갔다. 소년 드리키의 평발이 마당을 지나 돌무더기를 피해 대문을 향하고 셰퍼드 씨의 집으로 이어지는 거리로 나오는 것을, 포터 씨의 어머니 엘프리다 로빈슨이 바다로 걸어 들어가 다시는 돌아오지 않는 것을 보라.

그리고 포터 씨는 죽었고, 너무도 단순히, 그는 죽었고 다시는 그의 이야기가 들리지 않을 것이나, 오직 나를 통해서만 들릴 것이고, 그건 내가 읽을 줄 알고 내 이름을, 그의 이름을 포함하기도 하는 일레인 신시아 포터라는 이름을 쓸 줄 알기 때문이며, 그와 그보다 앞선 그의 아버지와 마찬가지로 내게는 줄이 그어져 있고, 나를 가로질러 줄이 그어졌다.

　그리고 포터 씨가 묻힌 장소, 깊이가 채 6자에 못 미치고 길이가 채 6자에 못 미치고 너비가 채 4자에 못 미치는 무덤 속, 심하게 허물어져 개미가 지은 것처럼 보이는 흙무더기를 바라볼 때 나는 중년 여자였고 내 어머니의 무덤 역시 볼 수 있었다. 그녀의 이름은 애니 빅토리아 리처드슨이었고 그녀에게는 줄이 그어져 있지 않았으며, 그때까지의 내 평생에서 내 어머니의 죽음은 내가 결코 목격하지 못할까 봐 두려워하던 사건이었고, 나는 내 어머니가 죽은 것을 보려고 투쟁했고, 때로는 질 것이라 확신했다. 내 아버지의 무덤 위에 서는 것을 나는 상상조차 하지 못했는데 내게 아버지라는 게 있고 그에게 이름이 있음을 나는 전혀 알지 못했기 때문이다. 내 아버지의 부재는 내 현재에 영원히 드리워 있을 것이며 내 현재는 언제라도 그의 부재를 반영하겠지만, 내가 아는 한 나 자신의 존재는 그를 전혀 바꿔놓지 않았다. 그리고 포터 씨는 나이 들었고 나는 어린아이 그대로였고 내 어머니는 어머니 그대로였고 이 세 가지, 내 아버지, 나, 내 어머니는 영원히 그대로 남고, 지금 그대로 남아 있고, 지금은 곧 영원의 정의이다. 그리고 내 아버지, 포터 씨는 죽어서 내 발치에 있는 그의 무덤에 묻혀 있고 내 어머니의 무덤은 그리 멀지 않은 곳에 있었고, 나, 일레인 신시아 포터이자 일레인 신시아 포터 리처드슨은 그들 위의 땅에 얼마간, 영원히는 아니고 다만 한참 동안 서 있었다.

그리고 그 후에도 아주 오랫동안. 그리고 내가 자궁 속에서 7개월이었을 때 내 아버지, 포터 씨와 함께 살던 집을 떠난 것은 내 어머니였고, 어머니는 내게 읽는 법을 가르쳐주었으나 그때 그녀는 내게 내 아버지는 읽을 줄 모른다거나 내게 읽기를 가르쳐준 것이, 그 결과 나는 쓰는 법도 알게 되었는데, 그 일이 말하자면 포터 씨를 겨냥한 단검과 같은 것이라고 말해주지는 않았다. 그는 내 존재를 의도적으로 무시한 채로, 마치 내가 비밀의 방에 들어 있어 세상으로부터 차단되었고 세상은 결코 나에 대해 알거나 내가 세상에 있다고 짐작하지 못하리라는 듯이 자기 인생을 살았기 때문이다. 그리고 나는 지금 "포터 씨"라 말하지만, 그의 이름을 말하면서 나는 그것을 읽고 있기도 하고, 그리하여 그의 이름을 말하고 동시에 그의 인생을 상상함으로써 그는 단일하고 파편화된 채가 아닌 온전하고 완벽해지며, 이는 그가 죽어서 읽고 쓸 수 없는 곳에, 그를 내 나름의 이미지로 그려내는 내 권위에 이의를 제기할 수 없는 곳에 있기 때문이다. 그와 사랑에 빠진 내 어머니의 소리와, 단단하고 건조한 지면과 창문 몇 개 달린 방 한 칸에 불과한 집의 아연도금된 양철 지붕에 비가 타닥타닥 떨어지는 소리를 들으라. 포터 씨를 향한 내 어머니의 거친 말들, 어머니의 실망과 좌절을 표출하는 말들을 들으라, 그 말들은 모두 그와 멀리 동떨어져 있었으나, 그때 나는 어머니 자궁 속에 웅크리고 있었고 마침내 쫓겨나기 전까지 자라고 자랐다. 포터 씨와 함께 살던 집을 떠

날 때의 내 어머니의 상처의 소리를 듣고 내 어머니에게 배반당했을 때의 포터 씨의 소리를 들으라. 내 출생의 소리와 내 아버지가 세상 속 나의 존재에 등 돌리는 소리를 들으라. 슐 씨와 졸탄 바이쳉거 박사가 포터 씨의 세상에 들어오는 소리를 들으라, 포터 씨가 사는 세상에 그들이 존재하게 된 것은 그들이 알았던 모든 것이 완전히 산산조각 났다가 사라졌고 따라서 그들은 다시 시작하고 자신을 재창조하고 새로운 것을 만들어야 했으나 전혀 그렇게 할 수 없었기 때문이다. 포터 씨가 완전한 순진함 속에, 그가 다른 이들과 얼마나 비슷한지 전혀 알지 못하고 각 개인에게 드러나는 인생의 고유함이 얼마나 평범한지 깨닫지 못한 채로 인생의 미로를 헤쳐나가는 소리를 들으라. 내 아버지였던 포터 씨를 들으라. 그의 아이들을 듣고 그 아이들을 낳은 여자들을 들으라. 인생의 끝이 익숙한 대양의 예측 가능한 파도처럼 밀려와 포터 씨를 집어삼키는 소리를 들으라. 죽어서 싸늘한 판 위에 누운 포터 씨를 들으라, 그의 몸은 나무 상자에 안치되었으나 나무 상자는 무덤에 들어갈 수 없었으니, 무덤에 물이 가득 찼기 때문이었다. 그의 죽음을 애도하는 이들의 울음소리를 들으라, 그의 유언 내용을 알게 된 그들은 모두 실망했다. 무덤에 물이 차서 관 안에 누운 포터 씨를 무덤에 내릴 수 없었을 때의 무덤 파는 인부들의 탄식을 들으라. 포터 씨를 들으라! 포터 씨를 보라! 포터 씨를 만지라!

포터 씨는 내 아버지였고, 내 아버지의 이름은 포터 씨였다.

194

옮긴이의 말

.

"기억, 말하자면 역사, 덧없는 회상, 일어났던 모든 일을 모은 미
 덥지 않은 집합체." (30쪽)

2002년 발표된 저메이카 킨케이드의 《미스터 포터》는 《애니
존》(1985), 《루시》(1990), 《내 어머니의 자서전》(1996)에 이어
단편과 논픽션을 제외한 장편소설로서는 네 번째로 나온 작품이
다. 첫 두 소설에 저자 자신의 경험이 많이 반영되었다면, 이후에
나온 《내 어머니의 자서전》과 《미스터 포터》, 그리고 에이즈로 사
망한 남동생에 대한 회고록인 《내 남동생(My Brother)》(1997)
은 자전적 요소를 반영한 이러한 글쓰기가 다른 가족 구성원들로
점차 확대되어나가는 것처럼 보인다. 실제로 《미스터 포터》에서
는 저자 인생의 전기적(傳記的)인 사실이 그대로 반영된 부분을
여럿 확인할 수 있다. '일레인 신시아 포터'라는 본명과 생년월일,

이름을 바꿨다는 사실('저메이카 킨케이드'라는 이름을 쓰게 된 것은 가족들에게 밝히지 않고 익명으로 글을 쓰기 위해서였다), 어머니의 이름과 출신, 어머니가 글을 읽을 줄 아는 강인한 성격의 여성이었고 드루라는 이름의 남성과 재혼했다는 점 등이 그렇다.

그러나 한 인터뷰에서 "내가 말하는 모든 것은 진실이고, 내가 말하는 모든 것은 진실이 아니다"라는 언뜻 역설적인 말과 더불어 저자가 강조한 바 있듯, '소설'이라는 장르에 속하는 이 작품의 내용을 모두 실제 있었던 일을 그대로 옮겨놓은 사실로서 받아들여서는 안 된다. 무엇보다도 저메이카 킨케이드의 작품을 읽다 보면 '실제 있었던 일'이란 과연 무엇이며 그것을 그대로 적는다는 것 ─ 이를테면 '역사'라 불리는 것 ─ 은 믿을 만한가, 아니 애초에 가능하기는 한가, 라는 의문이 고개를 든다. 그의 고향이자 작품 대부분의 배경이 되는 카리브해 앤티가섬의 역사를 생각하면 이런 의문은 더욱 깊어진다. 앤티가섬은 콜럼버스에 의해 발견되었고, 식민지 시대 아프리카에서 강제로 끌려와 노예노동에 처한 흑인이 주민 대부분을 이루게 되었다. 제국주의 입장에서는 모험의 성과이자 발견이고 눈부신 정복이었던 이 역사의 피해자였으며 정복자의 역사를 주입받듯 배워야 했던 입장에서, 저메이카 킨케이드를 비롯하여 '탈식민주의'라는 키워드와 연관되는 일부 작가들의 글쓰기는 규범으로 굳어진 단일한 역사 개념에 대한 도전이자 새로운 방식의 역사를 창조해내려는 노력일 수밖에 없다. 일카 잘(Ilka Saal)이라는 연구자는 이러한 글쓰기를 '히스토리오포이에시스(historiopoiesis)'라 칭했는데, 역사(historia)를 만들어낸다(poiesis)는 뜻의 이 조어는 상처받은 과거와 관습처럼 받아들여지는 종래의 역사에 대응하여 새로운 세대에 의미를 줄 수 있는 새로운 서사와 역사를 만들어내려는 창조적 노력을 뜻한다.

해외 대형 서점이나 위키피디아 등에 간략하게 실린 책 소개 글은《미스터 포터》가 '아버지 없이 자란 소녀가 성장한 후 가난과 불우함 속에서 태어나 분투하며 살았던 아버지의 삶을 되짚어 가는 이야기'라고 일러준다. 엄밀히 말해 틀린 설명은 아니지만, 작품을 접한 독자가 느끼게 될 감상은 그런 식의 소개 글로 예상했던 것과는 판이하게 다를 것이다.《미스터 포터》는 수월하게 읽히지 않는 소설인데, 가장 큰 이유는 아마 두드러지게 나타나는 문체의 특성인 '반복'일 것이다. 동일한 문장과 표현이 그대로 반복되기도 하고(하늘 높이 떠서 가차 없이 내리쬐는 해에 대한 묘사), 어떤 대상에 대한 설명이나 묘사는 한 번으로 끝나는 일이 거의 없이 쉼표를 통해 두 차례, 세 차례 부연되며, 단일한 사건에 대한 회상이 여러 회 등장하며 그때마다 달라지기까지 한다. 서사는 연대순으로 배열된 것이 아니라 뒤섞여 있고, 선적으로 평이하게 나아가지 않고 같은 지점에서 꾸물거리며 맴돌고, 묘사는 날씨나 옷차림처럼 서사 진행과 별 관련이 없는 세부적인 면에 한없이 길게 머무른다. 이는 우리가 기억을 떠올리는 방식, '마음의 눈'으로 과거를 보며 긴 세월을 한순간에 돌이키기도 하고 어느 특정한 순간에 꽂혀 오래도록 곱씹기도 하는 회상과도 비슷해 보인다.

가령 자신을 친자로 받아들이지 않았던 아버지를 찾아가 학용품을 살 돈을 청하려다가 무시당했던 일에 대한 기억은 책 전체에서 다섯 번 정도 반복되는데, 그때마다 세세한 부분이 조금씩 달라진다. 이 에피소드는 애초부터 '어머니를 통해 전해 들은' 이야기이고, 매번 달라지는 세부 사항은 우리의 기억과 기억을 떠올리는 방식이 얼마나 주관적이고 미덥지 못한가를 강조하는 듯한 동시에, 그 중심에 있는 이미지, 아버지에게서 거부당한 어린 소녀의 이미지를 거듭 쌓으며 강화한다. 반투명한 이미지들이 여러 장 포개지며 겹치는 부분이 점점 진해지는 것처럼, 이러한 반복과 반복될 때마다 조금씩 달라지는 동일한 사건에 대한 서술은 단일한 개인사를 벗어난 보편적이고 집단적인 차원을 이야기에 부여한다. 여러 여자에게서 여러 자식을 두었지만 그들에 대한 부양은 전혀 책임지지 않았던 포터 씨의 이야기 밑바닥에는 강제 이민을 통해 앤티가섬의 주민이 된 아프리카 흑인들의 과거, 노예제도라는 제약으로 인해 부모와 자식으로 이뤄진 온전한 가족을 이룰 수 없었던 가족 이산(離散)이 가족이라는 관행에 남긴 흔적이 희미하게 남아 있다.

이처럼 반복되며 켜켜이 층을 이룬 이미지들 아래서 직접적으로 명시되지 않은 상흔이 희미하게 엿보이는 듯한 느낌은 다른 묘사들에서도 찾아볼 수 있다. 소설의 첫 부분에서 포터 씨와 만나는 장면이 그려지는 바이쳉거 박사는 조상 대대로 살았던 체코슬로바키아를 자기 의지에 반해 떠나야 했고 세계 여러 장소를 거친 끝에 앤티가섬에 다다른 인물인데, 그가 체코슬로바키아를 떠나야 했던 이유는 과거에 대한 그의 직접적인 회상 속에서가 아니라 빛에 대해 생각하다가 언뜻 비친 '석탄이나 인간 사체를 연료로 삼는 불가마'라는 섬뜩한 구절, '절멸(extinction)'이라는 단어, 그가 '남은 거라곤 재뿐이기 직전까지' 갔었다는 무심한 설명을 통해 암시된다. 포터 씨의 고용주인 레바논 출신 상인 슐 씨의 아버지가 부를 일구도록 해준 거래 품목인 면, 마드라스, 샴브레이, 포플린 등의 직물 이름의 나열은 얼핏 보기에는 그저 다양한 천 종류를 늘어놓은 것처럼 보이나 그 뒤에는 목화밭에서 노예노동에 동원되었던 흑인들의 고통과 식민지 착취를 토대로 한 경제가 도사리고 있다. 이러한 묘사는 우리가 일상적으로 접하는 모든 것의 이면에는 보이지 않는 폭력과 착취가 깃들어 있지 않은가 하는 의심마저 품게 하는데, 이는 분명 마음이 편하지는 않지만 결코 무시하고 넘어가서는 안 될 의심이라 하겠다.

《미스터 포터》가 편하게 읽히지 않는 또 다른 이유는 등장인

물 대부분에게서 보이는 애정 없음과 공감 불능의 정서일 것이다. 포터 씨는 화자 일레인을 비롯해 여러 자식을 두었으나 그들에게, 또 그 어머니인 애인들에게 애정을 보이기는커녕 기본적인 부양의 의무도 다하지 않는다. 이는 의도적인 악의나 성격적인 무책임함에서 비롯된 행위가 아니라(일에 대한 그의 태도는 성실하고 책임감이 넘친다), 그 역시 여러 자식을 두고도 누구도 자식으로 인정하지 않았던 아버지에게 태어났고, 어머니 역시 자살이라는 방식으로 그를 홀로 두고 떠났기에 사랑을 배우지 못했고 타인에게 베풀 만한 자기 몫의 사랑이라는 것이 아예 없었기 때문이다. 일레인의 출생이라는 결과를 불러온 포터 씨와 애니의 관계에는 어느 순간에는 낭만적인 이끌림이 있었겠지만, 일레인은 둘 사이에 사랑이 있었을까 상상하며 그 답은 '아니다'라는 결론을 내린다.

이러한 애정 없음, 공감 불능의 정서는 포터 씨를 둘러싼 가족 관계에서뿐만 아니라 다른 인물들에게서도 나타난다. 어머니 없는 아이로 남의 집에 맡겨져 힘겹게 살아가야 했던 어린 포터 씨, '드리키'를 맡은 셰퍼드 부부는 교장과 교사라는 번듯한 지위를 지닌 인물이고, 셰퍼드 씨 자신 역시 아프리카 흑인의 후손으로 차별과 억압을 겪었으나 그는 핍박당하는 이들을 향한 애정과 공감을 보이기는커녕 정반대로 그들을 더욱 멸시하고 짓밟는 데 몰두하며, 어린 시절 그 피해자였던 포터 씨는 셰퍼드 씨가 보여준 그런 특성들을 '물려받아' 약자를 무시하는 태도를 몸에 익힌 어른으로 자라난다. 홀로코스트를 피해 유럽 대륙을 떠나왔음이 암시되는 바이첸거 박사는 자신이 무시무시한 폭력에 거의 말살되기 직전까지 갔었다는 사실을 믿기 어려워하며 놀라지만, 한 종류의 인간이 다른 종류의 인간에 의해 제거되는 그러한 폭력은 늘 있어왔고 자기만 겪는 일이 아니라는 점에는 생각이 미치지 못하고, 오만한 태도로 포터 씨를 비롯한 앤티가섬 주민들을 증오하고 멸시한다. 항상 지배자였던 이가 저지르는 폭력과 몰이해가 아닌, 스스로도 그 희생자였던 이가 자기보다 취약한 이들에게 대물림하는 폭력과 몰이해이기에 이러한 정서는 한층 가슴을 답답하게 한다. 책 첫머리를 장식하며 이후로도 계속해서 반복되는 '하늘 높이 한가운데 떠서 가차 없이 환히 빛나는' 해라는 묘사, 이 악의 없는 무심함과 가차 없는 잔혹함은 어찌 보면 등장인물 대부분의 태도를 반영하는 것이기도 하다. 습관이 된, 체화된, 그것만을 물려받았기에 그것밖에 베풀 수 없는 이들이 행하는 '가차 없음'의 폭력이다.

책 말미에서 화자는 어머니가 자신에게 읽고 쓰기를 가르쳐준 것이 "말하자면 포터 씨를 겨냥한 단검과 같은 것"이었다고 말한다. 포터 씨는 읽을 줄도 쓸 줄도 모르는 사람이었지만, 그가 자식으로 인정하지 않은 딸 일레인은 읽을 줄도 쓸 줄도 알며 읽고 쓰기를 사랑해 작가가 된 사람이고, 그리하여 일레인은 단검을 쥔 것처럼 힘을 지니게 된다. 그런데 글쓰기라는 단검은 포터 씨를 죽이는 것이 아니라 오히려 살려낸다. 읽을 줄도 쓸 줄도 몰랐던, 그리하여 목소리를 지니지 못한, 자기 이야기를 할 수 없었던 포터 씨의 일생은 일레인의 글쓰기를 통해 살아나고, 어느 평범한 사람의 이야기로 망각에 묻힐 운명에서 벗어나 역사성과 보편성을 부여받아 독자와 만나게 된다. "나는 읽을 수 있고 나는 이제 쓸 수 있고 나는 지금 글로써 이렇게 말하기 때문이다. 아버지 이름이 있어야 할 자리에 그어진 이 줄은 끝났다고, 포터 씨에게서 나에게로, 그 뒤로는 누구도 아버지 이름이 있어야 할 자리에 줄이 그어지게 하지 않을 거라고"라는 일레인의 선언은 되풀이되는 폭력과 애정 없음의 역사에 종지부를 찍으려는 선언으로 들리는 동시에, 글을 통해 상처받은 과거에 새로운 의미를 부여하려는 시도로도 읽을 수 있다.

현학적이거나 난해한 단어 거의 없이, 복잡한 논리적 구조를 동원한 문장 또한 거의 없이 입에서 자연스럽게 흘러나오듯 시적이고 리드미컬하게 쓰인 글임에도(혹은 그 때문에) 저메이카 킨케이드의 글은 읽기 그리 쉽지 않고, 옮기기에는 더더욱 쉽지 않았다. 원문에서 자연스럽게 꼬리를 물며 이어지던 구절들을 한국어로 옮기며 주어와 서술어의 배열 때문에 문장을 비틀고 끊거나 순서를 바꿔야 하는 경우도 있었고, 쉼표로 거듭하여 따라붙는 수식어구들의 정확한 위치를 파악하느라 고심한 대목도 많았다.

여러 번 실수로 잘못 접어들 뻔한 길에서 손을 내밀어 붙잡아주신, 번역자만큼이나 공을 들이셨을 편집자 양해인 선생님께 감사드린다. 많지 않은 분량에 비해 공이 듬뿍 들어간 이 작품이 부디 독자들에게 잘 가닿길 바라는 마음이다.

김희진

은행나무세계문학 에세 • 17

미스터 포터

1판 1쇄 발행 2024년 7월 25일

지은이 · 저메이카 킨케이드
옮긴이 · 김희진
펴낸이 · 주연선

(주)은행나무

04035 서울특별시 마포구 양화로11길 54
전화 · 02)3143-0651~3 | 팩스 · 02)3143-0654
신고번호 · 제 1997—000168호(1997. 12. 12)
www.ehbook.co.kr
ehbook@ehbook.co.kr

ISBN 979-11-6737-447-9 (04800)
ISBN 979-11-6737-117-1 (세트)